EL AGUA DEL PARAÍSO

EL AGUA DEL PARAÍSO

NOVELA

Benito Pastoriza Iyodo

Fotografía de portada por
Bradley Warren Davis

Fotografía de contraportada por
Bradley Warren Davis

Edición preparada por
Bradley Warren Davis

Para ordenar copias adicionales de este libro, favor de contactar:
To order additional copies of this book, contact:
Xlibris Corporation
1-888-795-4274
www.Xlibris.com
Orders@Xlibris.com
46350

las malvas de la inocencia

Todas las tardes con la puesta del sol la serena Eugenia se encaminaba al río a darse su baño venusino. El cuerpo esbelto y pequeño de adolescente apenas entrando en los trece años lucía el suave pubis naranja poco común para los lares orientales de la isla. En el barrio Río Blanco de Naguabo los curiosos se cuestionaban la procedencia de la inusitada caballera pelirroja que entre rizos abundantes enmarcaban una faz cobriza de antiguos pobladores. Ella se deslizaba en las aguas claras de las riberas del Yunque con las jóvenes morenas y su piel bronceada armonizaba como fruta madura entre sus compañeras de juego. Sólo la melena fulminante la distinguía de las otras. Su madre le había explicado en palabras sencillas que el fenómeno no era tan extraño como la generalidad lo ponderaba. Siendo joven conoció a su irlandés que por los enredados mangles de Loíza andaba desorientado. El amor para ellos surgió en un cocimiento de emociones yuguladas que vinieron a fraguarse en el alumbramiento que depositó vida sobre Eugenia. Una inmensa mayoría se gozaba en la especulación mientras los pocos contados quedaban como los verdaderos conocedores de la natural descendencia de la niña.

Eugenia no se tomaba la incógnita de su pasado muy en serio. Al igual que todas las niñas descubría la dimensión, el contorno, las curvas de niña mujer en desarrollo con la maravilla de quien revela lo más preciado de la vida. Al atardecer entraba al río sumergiéndose suavemente para sentir el delicado placer de las líquidas hondas acariciar sus formas. Se enjabonaba con lentitud, explorando cada parte de su alborozada anatomía, y en el ritual pausado hallaba partes desconocidas de su feminidad que la asombraban. Unos senos redondos y firmes señalando hacia el poniente. Unos pezones cerezos encrespados por el frío. Un vello tierno rojizo apenas nacido en forma de triángulo entre sus muslos. Unas caderas finas desprendiéndose alargadamente de la pequeña cintura.

Sentía que su cuerpo era una exquisitez de la madre naturaleza y que a su debido tiempo habría de ser compartido con un hombre al que amara. Al que amaría eternamente. Más allá de la muerte. Más allá del infinito. Por lo menos así se lo explicaban sus compañeras de zambullidos y chapoteos. Las niñas que dibujaban corazones flechados sobre papeles rosados con frases emotivas de amor jurado para siempre. *Contigo hasta el cielo. Eternamente tuya. Mi vida es tu vida.* Eugenia que solía ser tan fantasiosa como sus amigas, se imaginaba al joven de sus sueños fuerte como un josco. De pelo ondulado y brillante. Con unos ojos profundos y grandotes. De poco hablar y mucho amar. Eso sí, sería tierno y comprensible dejándola nadar con sus amigas todas las veces que quisiese en la quebrada de su preferencia donde podría llevar su muñeca para acicalarla y peinarle rizos con cintas doradas.

La reputación de su cuerpo celeste se regó por los campos como fuego en pólvora suelta. Las compañeras de juego fueron las primeras en comentarles a sus madres la sutileza de la niña, de la belleza de su rostro, de la inocencia en su mirada. Los hermanos, los tíos, los primos de las niñas no perdían una sola sílaba de la descripción de la encantada y muy pronto los hombres del barrio se dieron por merodear la quebrada para ver si el fenómeno era verdad o puro cuento. Ellos pensaron que tenían la necesidad de comprobar la versión femenina porque después de todo las mujeres tendían hacia la exageración. Muy pronto cayeron en cuenta que pocos eran los epítetos dirigidos a la joven diosa en comparación con lo que veían sus propios ojos. Entre el despliegue de niñas hermosas ver aquel espejismo de la caballera de papaya madura resultaba inusual para ellos, acostumbrados a penachos de azabache, cabellos achocolatados, almendrados, o insinuados por el color de la miel.

Muchas fueron las semanas que los hombres del barrio se dieron por visitar al río para deleitarse en el portento, para apreciar la maravilla aquilatada que nadaba despreocupada del revuelo que en su entorno se formaba. Algunos se escondían entre los arbustos y se masturbaban hasta llegar a un éxtasis donde soñaban hacer el amor con la melocotoncito. Los gritos y los gemidos salían de los matorrales en forma de coro. Ay, Ay, Ay, ay mami, ay mami que rica estás, dame esa rica totita mami, dame el tostoncito, el pedacito de melocotón, dame, dame. Las gotas amarillentas de la encabritada masculinidad salpicaban al río como copos de nieve creando un rocío lácteo de la desvergüenza. Nieve masculina, mucha nieve masculina en el paraíso del caribe. Los testículos como mangos enrojecidos colgaban de la pendiente a punto de caerse. De la manera más descarada, quedaban los genitales expuestos al aire para la apreciación y el placer de todos. Las niñas gritaban al unísono entre espantos y halagos, mientras la conglomeración de hombres salía huyendo como quien no había cometido el crimen o el descaro.

El rito de los hombres masturbándose se volvió tan cotidiano que ni atención les prestaban a las niñas. Ellas ahora no eran ni la causa ni la excusa. Por el pueblo se llegó a comentar que los jóvenes al no poder poseer a la diosita empezaron a tener orgías para aplacar el fuego que los consumía. Los más delicados hacían de la niña prohibida y en gestos femeninos imitaban a la adolescente mientras uno que otro hombre la detentaba violentamente. En el trueque de pasiones todos quedaban satisfechos con la entrega. Por un instante, uno se había vuelto la querida Venus del río, y el otro, el amante encendido disfrutándola hasta sentir el rendimiento enflaquecido de las piernas. Siguiendo dicho orden, los cuerpos quedaban transformados en andróginos de furor. Tanto cerebro y drama se le dio a la improvisación que llegaron hasta descartar a la causante original. Considerable fue el número de muchachos que hicieron de melocotoncitos tomando el codiciado lugar de ser Eugenia. Ella entre aliviada y contenta, continuaba el disfrute de su amado río con las amigas que parecían ignorar la turbación que se daba entre los arbustos.

Después de varios meses la novedad de su belleza erótica pasó a un segundo plano y Río Blanco comenzó a juzgar la rareza de Eugenia como un hecho cotidiano sin mayor trascendencia. La masa de hombres se acostumbró a la singularidad de la niña y escasos fueron los ligones que se daban el paseo por la quebrada para atisbarle las curvas acarameladas. Las compañeras de juego resintieron un poco el cambio brusco. Ellas también habían sido objetos de admiración por los hombres sedientos de carnalidad. Ahora pocos venían a extasiarse en la Eugenia. Por lo tanto, cualquier posibilidad de compromiso quedaba eliminada. Durante la confusión se llegaron a preguntar si alguno que otro candidato se fijaría en una de ellas, si alguno se veía a sí mismo como un potencial marido, por lo menos un novio que se requebrara en encantos y detalles. Un novio romanticón a lo radio novela de las tres de la tarde.

El día que Ernesto se enteró de la mentada melocotoncito le entró un calor en el cuerpo que no pudo contener. Era una fiebre que lo abrazaba por dentro y por fuera, una calentura que no se le apagaba ni con los remedios caseros ni con las visitas al médico en Humacao. Las palabras lisonjeras que describían a la niña le hacían arder las manos y corría lejos, muy lejos para no escuchar las voces que proclamaban la belleza de la joven. Nunca se atrevió a acercarse al río por temor a conocer su destino. Su suerte estaría echada. Él, más que nadie sabría el desenlace de dicho encuentro. Se repetía a sí mismo la letanía de los sermones que había escuchado del pastor jamaiquino la semana anterior durante la refriega mayor del espíritu. Qué si el pecado carnal. Qué si la debilidad de la piel. Qué si la fuerza de voluntad. Y otras sobradas amonestaciones que intentaba recordar del ministro de piel amelcochada que había llegado una mañana calurosa de su lejano Kingston.

No obstante la obsesión seguía presente, muy soterrada como un tumor difícil de extirpar. Tendría que encomendarse a su fe para salvarse de la tentación que lo arrastraba. Su familia fue una de las primeras en convertirse al evangelio cuando llegaron los protestantes angloamericanos a la isla. Para el cambio de siglo llegaban los misioneros en manadas sigilosas a la costa oriental del país. Entre un español machucado y un inglés indescifrable se hacían entender. Para el padre de Ernesto la nueva jeringonza no fue causa impeditiva. Por el contrario. La nueva creencia traída por los señores de lazos negros resultaba refrescante y prometedora. Todo le sonaba claro, muy lógico, nada de latinismos, ni de misas repetitivas que te ponían a dormir. Sin pensarlo dos veces el clan se dio por profesar una religión distinta. El cambio no fue abrupto porque la idea de redención se mantuvo presente. Tomaron excepcional orgullo en pertenecer a las filas de los primeros en aceptar al señor. De igual manera se lanzaron a masticar el inglés mientras lo iban absorbiendo. La lengua trabada se les enmarañaba en la boca. Sin embargo los esfuerzos de intentar aprender la lengua resultaron fructíferos cuando el incidente del diecisiete les cayó encima. Para aquel entonces los isleños se verían como americanos hechos y derechos por mano dura y gracia divina.

Augusto concluyó que la novedad resultaría de gran beneficio a su familia. Dedujo que una nueva lengua, un nuevo espíritu le daría la oportunidad de sacar a su gente de la miseria que hasta ahora sólo habían conocido. "El cambio siempre es provechoso", reflexionó, mientras calculó las posibles ganancias que podrían acarrear al bolsillo roto y a las arcas desfondadas de la iniciada prole. Era cuestión de encontrar una solución innovadora a la vieja tragedia de ser pobre y la excesiva agonía de vivir una escasez heredada. Claro que el evangelizarse no pondría fin a que continuara produciendo ron ilegal, el muy afamado ron pitorro, deseado y procurado por los que no profesaban su nueva fe protestante. Ellos no tenían por qué pagar las consecuencias de su resolución. El pastor en ningún momento había sermoneado sobre la ilícita producción del cotizado licor isleño. Con el evangelio encima y convertido hasta los huesos, se le ocurrió al padre llevar a su hijo a los cultos para que le sacaran de una vez por todas a la maldita Eugenia del corazón atormentado de su primogénito único. Más de un uso tendría que poseer el nuevo credo que prometía la dispersión de las sombras sobre la tierra.

Con la pena sofocada llegaba Ernesto a los rezos haciéndose el sereno, dispuesto a sacarse a Eugenia del pensamiento, del corazón, del sistema, de la epidermis enferma donde se había enterrado el nombre de la mujer maldita. Ella la culpable de su agonía. El demonio de los mil cuernos con su astucia se había disfrazado de mujer, esplendorosa y bella para sembrar y revolcar la lujuria en él. Él, el más desdichado e infeliz de los hombres sobre la tierra. El diablo de mujer se bañaba en el río para tentar la debilidad de los cristianos que vivían en un eterno suplicio. Ellos puros, puritos de alma que sólo sabían de cortar caña y pescar camarones bobos en las corrientes empedradas. Nunca la había visto, pero la presencia de la descripción satánica se le quedaba incrustada en la memoria. La palabra del pubis anaranjadito se le pegaba a la piel y lo abrasaba como un carbón hiriente.

El pastor jamaiquino comenzaba la prédica del verbo recordándoles que la maldad estaba próxima, entre ellos, rondando por el barrio y por las aguas de la comarca. "Devil I see you in the waters, those impure dark waters of Hell. Salir fuera demonio, salir bien muy fuera". Los feligreses en coro, al unísono gritaban fuera bien afuera demonio devil. Una ola de ánimo iba creciendo entre los presentes hasta que en terremoto humano empezaba el griterío a pulmón de gente entregada a su misión. "Get the devil out. Get the devil out. Fuera demonio mujer". Las voces salían del pecho, de los pies, de los riñones, de la hondura de la garganta. Se vociferaba en lenguas. "Rutu cum pali obe tam zazuin tane de la orbe rape con una dos tres presa presa belani sare cum tun. Pase pase pase pase pase tane belani sare uno uno pase sun sun. Let the devil out. Let the devil out. Sare cum tun tres una dos zazuin de la orbe rape". Se halaban los pelos. De manera improvista, comenzaban a desgarrarse las ropas, algunos quedando semidesnudos y los totalmente poseídos se soltaban en cueros vivos. Se tiraban al piso. Pataleaban. Salivaban. Se daban contra el pecho. Contra las paredes. Contra los bancos. Sentían la presencia y la llegada del señor. "Get the devil out. Get the devil out. Satan out of paradise, out of the waters of paradise".

Entre el bramido de la congregación a Ernesto se le escuchaba berrear "enia enia enia eu enia eu eu enia. Fuera enia enia enia eu ge eu eu nia fuera". Su enorme cuerpo de campesino montaraz no se quería quemar en las pailas del infierno. Él no iba a terminar atado a las cadenas encendidas del diablo de los catorce cuernos. No quería ver las enredadas serpientes soltando fuego y lagartijas escamosas por la cara del demonio. Él no sería su víctima, no se dejaría achicharrar en las calderas de los cuarenta y tres aceites. Su peculiar estatura se destacaba entre la agitada asamblea. Ernesto era un hombre alto, musculoso, rojizo, de cabellera aceitosa. De la cara sudada le saltaba una nariz explayada con una boca repleta de dientes carcomidos. Aullaba con furia, con el pecho puesto en la garganta, "enia enia eu eu ge eu enia, fuera ennia, fuera diabla ennia".

Después de desgañitarse, de soltar el pulmón, de liberar los genitales segregados que colgaban por el aire, salía Ernesto del culto aliviado, reposado, sereno como si hubiese recibido una dosis de calmantes que aminoraran el dulce dolor que llevaba enterrado. Se la había sacado de adentro, de muy adentro, del pozo hincado en la tierra, del sotobosque de una voluntad debilitada. Los hermanos del ministerio se despedían con orgullo por haber sido el motor de exorcismo para la afligida alma que había llegado desconsolada. "Vaya con Dios hermano, vaya con Dios. Las aguas del hogaño están puras como las de un manantial del cielo. The devil is gone. The devil is gone. Tú no tener que preocuparte más, the devil is gone. The devil is gone. The waters of paradise are here and always for you".

Cuando Eugenia se enteró de los calores alocados de Ernesto le comenzaron a tiritar las piernas. Las palmas se le empaparon de una secreción turbia. El corazón hacía pequeñas pausas inesperadas que la dejaban sin aliento. Los miedos se apoderaron de su cuerpo y sintió en un estallido sordo perder su inocencia. Un cristal fino se quebrantaba. Algo muy diferente era que los masturbadores de la quebrada se deshogaran en ilusiones vanas y otra cosa era que un loco le diera por ver demonios donde no los había. Juró no ir al río hasta que el hombre de mierda se le pasara el tormento, la insensatez descabellada que se había inventado. Su madre la reprendió recordándole que la alteración de Ernesto era pura bellaquería de macho sin mujer. Un queso viejo que no se acababa de sacar del cuerpo. El supuesto Ernesto que la familia no conocía sólo le hacía falta un par de putas gustosas de Fajardo para que se le quitara la carga vieja que llevaba entre las piernas. Las señoras de los labios rojos luminosos aguardaban listas para atender a los soldados asentados en la bahía del pueblo. Emperifolladas y perfumadas aguardaban en línea frente a los balcones dispuestas a complacer caprichos y maromas. En el prostíbulo estaba su cura, entre las damas de la noche, como los incautos las solían llamar. Ellas eran las expertas en males de solteros que por falta de hembra se metían en peleas y borracheras que duraban la noche entera. Además tendría de dónde escoger. Rubias, morenas y hasta pelirrojas encontraría en el burdel de su predilección.

Los encabritados que entraban exaltados a las casas de la buena vida que se anunciaban con luces rojas a la orilla del puerto salían sudorosos pero serenos, serenitos como si en el lupanar hubieran dejado la carga de su rabia. La culpa, la cólera y la vida frustrada se liberaban entre las piernas flácidas que no juzgaban ni sentenciaban. Los peones desgalillaban los nombres de los capataces que los explotaban. Soldados rasos escupían apellidos de tenientes que subyugaban su hombría. El apelativo y las señas de la amada pura que no se dejaba querer porque era decente se pronunciaban entre quejidos y llantos. "María por qué no me quieres. María por qué me has abandonado". La insignia y la flor de la damita que les partía el alma se grababan en las paredes sucias como recordatorio de la ausencia. La limpieza total de la osamenta y el espíritu se daban en las afamadas casas ocultas entre los muelles. Las doctas de la purgación no sólo curaban borracheras y rabietas sino temperamentos extraños y desenfrenos de la mente que causaban estados síquicos anómalos en el hombre. Hasta males del corazón se remediaban en una o dos acostadas. Máximo tres para mayor y asegurado efecto. Que se lo contaran a Ernesto, para ver si se animaba, para ver si se dejaba curar. Para que viera como lo dejaban nuevo, nuevecito de paquete.

La madre no logró disuadir a Eugenia. Poco a poco la niña se iba sepultando en sus miedos. Los rumores y las malas lenguas no cesaban de contar el agobiado sufrimiento por el que pasaba el tendero. Con cada ataque volcánico de la epidermis embravecida del gigante venían corriendo a contárselo las parlanchinas amigas con lujo de detalles. "Anoche le dio una fiebre que para qué te cuento. Este hombre sí que te quiere. Se muere por ti. Anoche lo vieron sudando como un perro. La cama hecha un charco de agua. Está que se derrite por ti. No mija está que se desvive". Las narraciones sobre el sufriente se volvieron en extremo detalladas. Eugenia determinó cortar por lo finito. Ser prudente. Se quedaría en casa donde se suministraría baños de pañitos tibios completamente alejada de su río. El aseo sería a cortina cerrada, a noche de oscuridad hermética para que los ojos del campesinado no fueran contando lo que no veían. No deseaba proveer la excusa de que ella fue la provocadora, la diabla del río, de que una supuesta mujer hermosa era siempre la culpable. "Quién la manda a ser linda. Eso le pasa por ser bonita" rumoraban las serpentinas sinhuesos del barrio.

A Ernesto nunca lo había visto, ni siquiera se había paseado o escondido por los matorrales del río. No conocía su cara, su rostro enjuto de campesino empedernido. Sólo escuchaba las historias que le llegaban de las fraternales bañistas que le comentaban de la fuerza y grandeza de su corpacho. De la virilidad portentosa que se le formaba entre las piernas. "Eugenia si vieras lo fuertote que es. Y lo tiene enorme, porque sabes le vi de cerca las manos y son como dos palas, además el platanar estaba alterado y era así de largo". Las observaciones de exagerado rigor extenuaban el frágil ánimo de la niña que sólo quería bañarse en el río sin más penurias que sentir el frío del arroyo. La barriada la mantuvo informada de los pormenores. Le explicaron que iba a la segura con el hombre, que se ganaba la vida con un colmado donde fiaba al mundo entero, donde prestaba dinero para luego cobrarlo a altos intereses. El establecimiento era una linda tienda que había heredado de su padre don Augusto, de unos negocios que éste efectuó con unos misioneros del norte diestros en finanzas e inversiones. El individuo llevaba la buena vida por delante y ella podría ser la acompañante de sus dichas.

El hombrazo se las buscaba para ver entrar el dinero, considerando especialmente que el país estaba pasando por una situación caótica donde la gente andaba descalza y mal nutrida. Las panzas de los niños iban infladas de lombrices como globos transparentes de verbena. A las madres se les secaban las tetas antes de que los críos llegaran al año de nacido. Sobrada muerte y poca esperanza de vida. La situación andaba de color hormiga. La suerte de todos se empeoraba y Eugenia sabía que el recetario de los campos no prometía grandes cambios. Por un momento se permitió aceptar que un segundo de curiosidad le entraba por los recovecos de la mente. Un atisbo de halago sentía que este hombre sufriese como sufría por el simple hecho de ser ella misma, una niña que se bañaba y jugaba semidesnuda en el río con sus amigas.

amapolas blancas, amapolas rojas

El verano entró encendido. Junio se anunciaba con los calores sofocantes del año anterior. Eugenia desde lejos divisaba el río fresco y cristalino que calmaría el soponcio pesado que se pegaba al cuerpo. Los sudores corrían por la espalda mojando la cintura del vestido. No podía soportar la humedad transparentada en la piel. Con el transcurso de los meses se fueron apagando las noticias de las quemazones de Ernesto. Sin tantear consecuencias se encaminó por la vereda estrecha hasta llegar a la quebrada favorita. La sombra de los bambúes, las palmas y los robles arropaban el charco profundo. El pozo azul celeste la aguardaba en pequeñas cascadas de hondas serenas, cristalinas. En el fondo divisó los minúsculos róbalos colarse entre las rocas grises. El musgo de un verde cobrizo se sentaba como alfombra húmeda sobre el peñasco. Agarrada de las ramas reconoció su silueta que se espejeaba en el río. Se fue desprendiendo con delicadeza de las piezas ligeras que apenas la vestían hasta quedar desnuda como la Afrodita caribeña que era. Lista para nadar. Lista para zambullirse. Lista para examinar de cerca los peces doraditos que descendían de corriente arriba. El placer de sentirse mojada, ligera como una hoja flotando, le recordó cuánto extrañaba la sensación placentera de rendirse a las aguas del río. Nadó y se hundió a su antojo, frotando su piel dorada para extasiarse en la experiencia que por meses se le había negado. El agua resultó fría, casi helada, temperando el calor del fuego que la abrazaba. Braceó hasta los bambúes para sostenerse de los tallos para luego estirarse y seguir flotando, cuando de repente sintió una mano enorme que con fuerza zaleó su melena. Parecía que le arrancaban de raíz el cuero cabelludo. Como si fuera una corriente poderosa la sacó del agua hasta arrastrarla al pedregal. Por fin presenció un hombre que se le precipitaba encima como una bestia. El salvaje le encorchó la boca de un manotazo y le desgarró las piernas con las puntas de sus rodillas para subyugarla de inmediato. El desafuero ocurrió con una rapidez que a ella no le quedó salida para un escape. Al instante sufrió el apuñalamiento de un hierro carnoso descuajador. Las entrañas se le rompían en mil fragmentos mientras la sacudía como un saco viejo. Con fuerza apabullante iba montado sobre ella incrustando las piedras filosas en su espalda. El atropello era una espada encendida que la asesinaba brutalmente por dentro. Intentó gritar, morder, arañar, liberarse, pero la fuerza del monstruo era superior a la suya. La bestia jadeaba de placer y los ojos le brillaban como dos luminarias encendidas del infierno. Ella sintió que se moría, que se desangraba, que se acercaba el fin de su vida cuando él le agarró la cabeza y comenzó a sonarla contra las rocas gritándole "Enia Enia Enia diabla Enia sácame esta fiebre loca que llevo dentro, Enia Enia Enia diabla". Empezó a morderla con la rabia de un perro encolerizado, a pegarle con los puños de un torbellino desenfrenado mientras la desgarraba con la furia del averno. "Enia Enia Eu Enia Eu diabla de mujer sácame esta fiebre loca que llevo dentro".

La dejó tirada a la orilla del río bañada en sangre. Sola entregada a su río. La noche se cristalizó tenuemente con una luna menguante. Unas sombras aterciopeladas le pasaban por la frente a Eugenia. En un giro de vértigos insondables sentía como la vida se le iba. Las fuerzas no estaban presentes, sólo una dejadez que la sumía en la profundidad de la noche. Un suspiro lento que se perdía en la niebla que se colaba entre los árboles. Una voz que le retumbaba en los oídos "Enia Enia diabla de mujer Enia eu Enia". Ella no era cuerpo de los vivientes, una suspensión ligera se la llevaba con el viento. "Enia Enia Enia". Se deslizó en un sueño apagado donde la noche y la luna no eran compañeras. Sólo el río. Sólo Eugenia. Sólo una exangüe lentitud que se perdía.

A la mañana siguiente cuando amaneció en la cama con escalofríos y en fiebre, se enteró que unas lavanderas del barrio la habían recogido inconsciente lindando cerca de la muerte sobre el pedregal enrojecido. Cuando avistaron a la niña en el charco de sangre vacilaron por unos segundos no sabiendo como recoger el mutilado cuerpo de bagazo sin que sufriese más de lo previsto. La preocupación se disipó al notar que la criatura iba sumida en un desmayo hondo que no permitiría la percepción del dolor que le causaría al mover su cuerpo magullado. Con cuidado se la echaron en brazos caminando lentamente para no agravar la tragedia que llevaban a cuestas. Las mujeres supieron de inmediato el acontecer de los hechos, lo habían vivido en carne propia o escuchado en boca de otras campesinas violadas. Se regó la voz por el campo sin sorpresa ni espanto de una nueva víctima que sucumbía a las garras de un hombre cualquiera. La madre de Eugenia aguardó en un silencio de cólera ahogada que le trajesen el cuerpo de la niña moribunda o peor aún extirpada de la condenada vida. Eugenia fue entregada a las manos de las sabias curanderas que minutos antes habían llegado al enterarse de la desgracia. Las heridas fueron atendidas con alcoholados medicinales de yerbas añejadas que las doctas aprendieron de sus madres y éstas de las suyas. Los remedios caseros que se fueron pasando de generación en generación salvaron milagrosamente a la niña. Para los nervios le dieron té de manzanilla. Para la fiebre té de naranja agria. Pero ni los menjunjes ni los sobos le quitaron el dolor que llevaba dentro. El desgarre era encallado y sin salida. No cesaba de llorar. No entendía que le había pasado, que había hecho ella para merecer el furor depositado sobre su débil existencia. Un vidrio esmerilado se quebraba y no sabía como reponerlo, unir con cuidado los fragmentos de su conciencia tirados al aire. Ni el llanto, ni los gritos por la noche lograban confortarla. El atropello de la bestia la marcó para siempre. Fue la estampa que se cinceló en la memoria para el resto de sus días. La herida eternamente abierta que determinó el acontecer de sus actos.

El día que se avalentonó Ernesto para acercarse a la casa de las mujeres pisoteadas llovía a cántaros. Un nubarrón terco depositaba las feroces aguas sobre los enmohecidos techos de zinc. El azote de tres días balaceaba la casa con unas lluvias pesadas. La floresta relucía con un brillo de verde pulido con plantas y árboles empapados de un tornasol esmeraldino. Entre relámpagos, truenos y granizo se daba el concierto de una vaguada tropical que retumbaba en los oídos del jinete maravillado con el espectáculo de la borrasca. La noche anterior se había revolcado entre las sábanas sudadas tratando de apaciguar el huracán de pesadillas que se le lanzaba encima. La cara aterrada, bañada en sangre de la víctima se repetía en los malditos sueños como espectros adheridos a las paredes de su mente. No conciliaba el reposo ni el descanso. El espanto de las pupilas brotadas en terror se apoderaba de la noche, del silencio. La culpabilidad lo torturaba desde adentro, desde el epicentro de su remordimiento para luego manifestarse en el charco de sudor que le bañaba el cuerpo. A la mañana siguiente decidió ponerle fin a su delirio. No podía vivir con la carga de su concomio. Se montó en la yegua negra y se dirigió al bohío de la madre en cuestión. Cabalgó lentamente para experimentar una favorable purificación del cielo desgarrado en aguas. La recia musculatura se transparentaba a través de la ropa mojada. De la enorme nariz ensanchada se escapaba una exhalación gris como caballo refunfuñando. Se presentaba para pagar cuentas, sólo eso, a pagar cuentas. No a pedir perdón. Porque los hombres no piden perdón. Son recios y fuertes. El perdón es la debilidad de las mujeres y los maricones. A pagar lo que se había comido como dijo en sus propias y toscas palabras. A Eugenia se la llevaría y le pondría casa para que fuese su mujer como Dios manda y para que le diera muchos hijos varones. Disparó el plan de su propuesta sin chistar. Otros hombres, los que él consideraba los cobardes, se daban el gustazo y la mujer que se las arreglara como fuera o que se las llevara el demonio. Él no. Él tenía principios. Moral, dignidad de hombre cristiano. El pastor jamaiquino le recordó de su pecado y como tendría que enmendarlo. Reparar el mal era su deber. Y por dicha razón se encontraba ante la puerta empapado para darle cierre al asunto. La madre atónita no supo que decir. Efectivamente, la mayoría de los hombres en Río Blanco se comían la carne fresca, virgen, y no pagaban ni con un lamento. El grandulón deformado por lo menos sentía la irresponsabilidad y quería rectificar el agravio cometido.

La madre estaba enterada de las entradas económicas del hombre. Medio Río Blanco le debía dinero fuese por préstamos o víveres que los pobres nunca terminaban de pagar. La constante deuda de los campesinos lo mantendría con las arcas llenas. No dudaba que el hombre sería un buen proveedor. También entraba la cuestión de la fe. El muchacho se crió con el dogma anglicano traído por los americanos que lo cargaba de culpa y responsabilidades. Tampoco se podía olvidar de las fiebres que el pobre sufría a causa de su hija. En buena posición se encontraba para negociar con él, pero Ernesto era astuto como un zorro y se las arreglaría para engatusar a una creída dormida en las pajas. Ella tendría que pensarlo con detenimiento para asegurarse que del asunto saliesen beneficiadas para largo rato. Nadie tenía que recordarle que la niña iba doblemente marcada, asuntillo viejo que no las favorecía. Por un lado el padre nunca tuvo la oportunidad de reconocerla. Luego sal sobre la herida, la niña iba usada, poco importaba que fue a la fuerza. Eugenia llevaba el estigma de una clase. Hija bastarda de una madre soltera. En aquel preciso instante recapituló los axiomas de la matriarca gallega que en ocasiones repetidas le explicó siendo niña que el mundo injusto estaba hecho para los hombres y que las mujeres no optaban más que navegar por esa asquerosa verdad. Había que tomar provecho de las habilidades y la sapiencia femenina. En la vieja Galicia sobraban los ejemplos de las mujeres abandonadas a la vida despiadada por hombres que las abusaban para luego dejarlas tiradas como trapos viejos. La historia era milenaria y harta conocida. No lo pensó mucho cuando le plantó la pregunta sin regodeos,

—¿Y nosotras que sacamos del asunto?

Él sonrió con malicia sabiendo que nuevamente había ganado la batalla. La fácil batalla de sentirse dueño de unas mujeres indefensas que no tenían un hombre que las protegiese. Le prometió abastecerla plenamente para el resto de sus días, y la niña ni se diga, casadita como Dios manda con velo y corona, para luego vivir como una reina. La propuesta resultó mejor de lo que ella esperaba. La justa proposición le ahorró la vergüenza de tener que regatear, humillarse y recordarle lo ocurrido. Lo miró fijamente a los ojos y con una sonrisa a medio contento le lanzó su decisión,

—Asunto cerrado, la niña es tuya, ¿cuándo le das matrimonio?

Eugenia a sus trece años no comprendió la transacción fría, calculada y deshumana que prometía un acomodo de bienes. No comprendía un convenio de números que habría de favorecerla para los venideros años. Cómo era posible que de la protección materna pasara al cuidado del hombre que la ultrajó. Caviló largas horas sin poder descifrar ni justificar la nueva situación que la esperaba. La madre se hizo portavoz de la aquilatada resonancia conformista explicándole que esos eran los hechos irrefutables de la vida. En el mundo concreto de los hombres, limitado era el alcance de una mujer bastarda, pobre y violada. Artimaña y sigilo serían las armas a la disposición para igualarse en la órbita de los machos. La fuerza avasalladora radicaba dentro de su ser preñado de instintos, intuiciones y la inteligencia nacida de las entrañas. En lo recóndito del alma femenina encontraría la solución, el entendimiento de la vida. En ello consistía ser mujer. Los duros golpes de la madurez la llevarían a agazapar los juicios maternales y otras realidades que por el momento se hacían incomprensibles. La niña quedó atónita. Anonadada con la palabra exigua que se colocaba lejos de su facultad de discernir entre lo falso y lo verdadero. Nada lograba convencerla del odioso acto del abandono. Sólo tuvo por cierto que se le desgarraba de la madre, de la seguridad de sus brazos, del cariño de su tibio pecho. Sumida en el desconsuelo preparó los escasos motetes y junto a la muñeca de trapo se sentó a la orilla del balcón a esperar a Ernesto. Intentó no llorar, preferible no llorar porque agravaría la situación, pero el nudo se le formaba en la garganta. Una visión temible se vislumbraba y no acababa de comprender que había hecho ella para ser tratada con la frialdad que recibía de su madre. No se pudo contener y soltó el quebranto ahogado. El llanto se le volvió un aullido hondo y pesado que no se le retiraba del pecho. Un pozo insondable de amarguras. Un estancamiento fragmentado de atribulaciones. Una muñeca de trapo mojada por el llanto dormía a su lado.

Ernesto llegó montado en yegua joven, negra y brillosa como una piedra pulida. A Eugenia le temblaban las piernas. El corazón le palpitaba como para salirse del pecho. Erguido, tiránico y fuerte, se encontraba el hombre que robó su inocencia y ahora se la llevaba a una cueva de ratas para maltratarla con renovado ahínco. La observó con detenimiento preguntándose cómo era posible que la belleza pudiera resumirse en un cuerpo diminuto. El sudor le corría por las sienes manifestándose el nerviosismo del encuentro con la mujer que él quería amar. Para sorpresa de la niña, él le indicó con un gesto lleno de ternura que se subiera al animal. La sostuvo con extremo cuidado hasta elevarla a la montura. Muy quedo le susurró al oído que había llegado el momento de que conociera la nueva casa donde formaría una familia bajo el temor de Dios. *Bajo el temor de Dios.* De la multitud de palabras salidas de la boca del hombre aquellas nunca se las hubiese imaginado. No las podía creer. Se las repitió para sí, acaso para convencerse que realmente las había escuchado. *Bajo el temor de Dios.* No encontró razón para que él balbuceara la descabellada sentencia. Acaso no fue él quien la dejó tirada sangrando entre las rocas arrastrada en el lodazal para siempre. No tenía memoria que fue él quien le robó su inocencia, su deseo de vivir. Sobre la potranca sintió las enormes y ásperas manos acariciar las suyas con afecto, casi con lástima. Ella se esforzó para liberarse, pero él las afirmó con fuerza como si fueran un tesoro preciado.

—La semana que viene nos casamos como lo manda el Señor y a ver cuántos varones tenemos para que dejemos herencia.

Eugenia acarició la muñeca de trapo que llevaba cerca del pecho y trató de imaginarse cómo sería lo inconcebible de tener hijos con un hombre al que no se quiere, porque había escuchado por boca de su madre que a los hombres había que quererlos con pasión para darles hijos saludables, hermosos y fuertes. De igual manera, la tía abuela le había contado que cuando se ama a un hombre de veras los hijos salen preciosos y listos para la vida y sus vicisitudes, que de lo contrario los desgraciados estarían sentenciados a desgracias y amarguras para el resto de sus contados días. Sería como una condena. Como un maleficio. El mal de los males que no quería para su prole. Al menos esta era la antigua sabiduría femenina de una familia vetusta que la alertaba de un porvenir miserable.

Ernesto nunca había amado a una mujer. Amar, qué era el acertijo de amar. Un sentimiento que ni se suma ni se resta, que es aire pesado y asfixiante en el tórax. Una carga insoportable que se arrastra por un laberinto negro de ciegos. Ni siquiera tenía la mínima idea de qué decir, de cómo expresar la emoción arrolladora que sentía en el fondo del pecho. ¿Esto es amor, estarse mudo y sentirse como un idiota sin una palabra que decir, una bestia que suda sin parar? Sólo sabía que el pensamiento de la piel soleada le robaba el sueño. Se revolcaba en la cama buscando el reposo, deseando el descanso y sin proponérselo comenzaba a sudar profusamente mientras murmuraba en quejidos ahogados el conocido nombre sin cesar. Eugenia, Eugenia, Eugenia, Eugenia. La maldita fiebre se le metía en la piel y lo carbonizaba dejándolo encendido de pies a cabeza. El corazón se le apretaba y sentía deseos inmensos de gritar para sacarse el palpitar fuerte que le quitaba la vida, que lo ahogaba en un gas mortífero.

La savia de su hombría se escapaba en el aliento. Nunca se acostó con mujer, pero se le endurecía el epicentro cada vez que se imaginaba junto a la niña del río. Cómo explicarse la sensación dual de dolor y placer, de vida y muerte. Mientras cabalgaba podía sentir los suaves senos de Eugenia, percibir el roce de las piernas, oler su fragancia de mujer joven. La virilidad se le tensó como un nudo de hierro a punto de estallar en bolas de fuego. Por qué sentía que la existencia se le apretaba en la cintura, por qué el pastor anglicano no lo preparó para el incontrolable deseo. De qué le servían los sermones si no podía dominar el remolino que lo consumía.

Se sintió patético, inútil para frenar sus instintos. Quería bajarse de la jaca bruna y en el centro de la carretera comérsela viva, tragársela completa para sentir que nunca se le escaparía, que la tendría guardada en las entrañas para siempre. Pero se contuvo, se aguantó los deseos de caballo encabritado. Sabía que ella traía miedo, que venía temblando como una hoja indefensa en la tormenta. Era mejor esperarse. Era mejor frenarse como un buen macho, resignarse y repetirse las reprimendas del pastor. "No serás una bestia coño, sino un hombre con principios, recuérdalo bien". Grábatelo en la mente, un hombre con principios, un hombre con principios, un hombre con principios.

La casa no resultó ser una cuerva de ratas maloliente. Por el contrario, parecía una vivienda cuidada con esmero, una morada con un encanto desolado, un deseo de ser un lar para juegos de niños. En fin una casita de muñeca, pintada color de rosa con un techo de zinc lustroso que le daba una luminosidad especial. Detrás de la casa se podían apreciar unas palmas frondosas de un verde intenso que recordaban un paraíso encantado. A los sinsontes y a los pitirres le dieron por cantar como para recibirla en armonía. De dónde surgió la magia para engañarle el corazón. Unos arbustos florecidos de amapolas carmesí recién plantados, un olor a pintura fresca y unas hamacas tejidas en azul celeste donaron la impresión de que se había esmerado el hombre para recibirla en su nueva morada. Una casa robada de un sueño. Una casa que no iba a la par con el campesino montuno, inventor de la desgracia y el infierno. La casa no ensortijaba con el hombre.

Eugenia entró con miedo, con una preocupación de quien teme al acecho, tanteando las paredes blancas que asemejaban al coco recién rayado, buscando cuál sería la trampa en el albergue que mucho tenía de bonito pero que un atractivo le faltaba. Un toque de hogar. Precisamente ausentaba el toque de hogar. Un sentir de mujer. Se imaginó el lugar con unos detalles que le dieran vida. Unas cortinas transparentes para borrar el marco tosco de las ventanas, una mesa con flores en la esquina que tiene poca luz, una imagen reluciente del Sagrado Corazón para la pared desierta de color, un San Antonio risueño tallado en madera por el tío Agustín para la sala, un olor a clavo y canela por la mañana. A la casa le faltaba un aire de que en ella se vivía. Él lo notó en su mirada.

—Mañana te traigo lo que quieras para que la compongas, para que se parezca a ti. La casa es tuya, arréglala como tú quieras.

Salió apresurado por la puerta. Se montó en la bestia azabache y se fue galopando dejando a Eugenia sola en su nueva casa con la boca abierta, porque ella se imaginaba otro atropello, otro huracán. La dejó allí entre las cuatro paredes pensando, contemplando el río, el maravilloso río que conoció el placer y la desgracia. Porque para completar el ensueño, a la distancia se espejaba el agua en su magnificencia.

Ernesto se volvió una llama encendida que iba cabalgando como alocado, sin rumbo cierto, dejando el animal al punto de ser desbocado. Las bestias sudaban al unísono desprendiéndose de una carga que los atrofiaba. Las ramas de los árboles le fustigaban el pecho y le herían el rostro. Sangre corría por las mejillas, la frente, como ríos desbordados de barro cobrizo. De repente, se vio frente al pedregal donde había violado a Eugenia. Había llegado al lugar como si lo hubiese buscado. Se tiró al suelo y comenzó a darse contra las piedras para abrirse los sesos, para sacarse la maldad que llevaba dentro. "Coño, por qué no muero. Por qué no muero". Sintió un calvario abrírsele en el pecho porque sabía que un crimen no se paga con una casa, con un casamiento. El sufrimiento se le estancó en el gaznate. La enorme piedra de la conciencia lo arrastraba al fondo de un pozo negro de tinieblas. No sabía como amar a la mujer que había pisoteado. Cómo se quiere. Cómo se ama. Un sentimiento que no acababa de digerir en las fibras de su corazón. Acaso era la razón por la cual escuchaba a los trovadores de las montañas lamentándose en romances amorosos acompañados por cuatros y guitarras. Qué no sé por qué te quiero. Qué me hiciste para sentir el abandono. Qué desvelo de amor me haces sufrir. Cuál es el cabotaje de tu piel. Las canciones le llegaban al oído claras como campanas de iglesia, pero la confusión se depositaba en el corazón.

Cuando niño recordó como el padre acariciaba el cabello de su madre. Largo, sedoso y negro. Lentamente con ternura buscando las hondas pardas escondidas por la vista. Ella sonreía guardada en un silencio que terminaba en un abrazo de cintura apretándolo suavemente mientras le daba pellizcones que lo hacían saltar. Acaso eso era el amor. Por la noche se escuchaban unos gemidos silentes de la madre que se confundían con unos ahogos transparentes del padre. La oscuridad de la noche se volvía una magia indescifrable que sólo les pertenecía a ellos. Al amanecer se miraban con una conspiración de ojos risueños y adormecidos, un andar lento y apagado, una languidez de cuerpos suspendidos en el aire. Él le guiñaba un ojo y ella respondía con un beso soplado al aire como quien no quiere la cosa. Acaso eso era el amor. Ella cantaba y se reía mucho, él daba vueltas por la cocina para oírla cantar, luego se acercaba y le susurraba cosas al oído que la hacían sonrojarse como las rosas encarnecidas del jardín. En el huerto se daban un beso, largo y mojado que dejaba a la madre sin respiración. Qué palabras le habría dicho al oído. Cuál era el secreto. Cuál fue el misterio que no aprendió del padre. Acaso fue el enigma del amor. También recordó de las largas conversaciones nocturnas que sus padres sostenían en el balcón, calladitos, apretados, como si confabularan un universo enteramente de ellos. Aprendió los números, las matemáticas, las cuentas, los negocios, las ventas, las monsergas del pastor, pero el arcano íntimo del padre nunca lo aprendió. El enigma quedó vedado de su existir y ahora tenía a Eugenia en su vida y él no sabía como amarla, como quererla, como decirle al oído los misterios del amor.

A Ernesto no se le volvió a ver la cara hasta el día de la boda. Llegó a la iglesia planchado y almidonado con el pelo negro y lustroso de brillantina puesta en su sitio. La cara la llevaba marcada con aruñazos y moretones como si hubiese salido de una pelea callejera. Frente al altar esperaba a Eugenia. La novia llegó vestida de blanco, sencilla en su ajuar de princesa diminuta como una muñeca de porcelana fina. Él no pudo creer lo que veían sus ojos, la aparición era un ensueño, un ángel bajado del cielo. La piel tersa, lozana, apenas maquillada dejaba entrever unos hermosos ojos verdes. Unos ojos esmeraldinos que se miraban en el mar. Cómo no se había fijado del detalle. Unos bucles rojizos caían como cascadas sobre los hombros finos. El cuerpo de la niña era recogido pero precioso. La nariz respingadita como apuntado hacia el firmamento. Los labios rojos y carnosos. La dentadura era una hilera de perlas. Un cuello largo y firme. Una cintura estrecha anunciando otro respingamiento mayor, las entalladas nalgas como montes de turmalina. El vestido blanco de gasa con encajes que la embellecía transparentaba una figura esbelta y firme. El velo de tul fino cubría el rostro dorado de la futura esposa. La miró detenidamente como el que examina lo prohibido y no dio con el hallazgo de que sus ojos cataban la preciosidad que habría de ser su mujer. No, la joven no era Eugenia. Era la virgen, tal como se lo habían contado, brillante y esplendorosa de luz para siempre.

porque las rosas no son blancas

La madre de Eugenia se había esmerado en hacer de su hija una novia hermosa. El empeño de haber querido ser una bella desposada en blanco se depositó sobre su única niña. Acaso no es el sueño de cualquier madre presenciar a su hija de novia. Acaso verla más bella de lo que pudo haber sido ella. El tiempo, el destino no le dio la fortuna de atisbarse emblanquecida como una princesa de cuentos de hadas. Cuando joven María Cristina vivió una vida sin ataduras que le permitió conocer varios hombres que sin chistar se aprovechaban de su espíritu libre para seducirla con halagos lisonjeros siendo el propósito ulterior llevarla rendida a la cama. Ella en su afán de conocer los misterios y encantos de la vida se reveló contra los cánones aprendidos y sin gran remordimiento se entregó a lo que creía los placeres del mundo.

Cuando el pueblo de Naguabo se enteró de su escapada no supo como interpretar la locura de la adolescente que tan bien fue criada, que tan finamente entre encajes y nanas había sido educada. Ella que lo tuvo todo, la casa señorial en el mismo centro del pueblo frente a la plaza junto a la iglesia de Nuestra Señora del Rosario, donde solía oír misa con su santa y devota madre. Ella que aprendió a tejer, a bordar, a tocar el piano y hablar bonito, con preciosidades de tierras castellanas. A decir frases en francés, *je ne sai pas, un joie de vie, une je ne sais quoi* y un sinnúmero de chulerías gálicas que sólo su tutora de Martinique entendía. Ella que se vestía de blanco y le daba catorce vueltas a la plaza para que le cataran el vestido nuevo que le habían traído de Barcelona. Para que vestirse de novia pura si medio pueblo la había disfrutado pasearse en vestido emperatriz. Ella misma ejecutaba su desfile y los pueblerinos eran espectadores de primera fila.

Por dichos tiempos pasaba horas largas leyendo poemas hermosos recitándolos con voz sentida, al borde del llanto, como el de . . . *la princesa está triste. ¿Qué tendrá la princesa? Los suspiros se escapan de su boca de fresa, que ha perdido la risa, que ha perdido el color, la princesa está pálida en su silla de oro, está mudo el teclado de su clave sonoro y en un vaso olvidada se desmaya una flor.* Qué lindo era el ensamblaje poético de la princesa exótica. Porque al final de cuentas ella también era una princesa foránea. Nada más y nada menos que la infanta de Naguabo. La muy real soberana de la villa de las aguas eternas, villorrio que para 1794 sus antepasados fundaron con gran orgullo cerca de la costa este en un lar sumamente quebrado y bañado en lluvias. Su majestad podía caminar a la playa, pasearse por el malecón con su pamela cubierta de un velo dorado para proteger su rostro del sol y luego visitar la casona de la tía Justina junto al mar Caribe para tomar té de manzanilla en tazas de porcelana importadas de Inglaterra. Sí, ella era una princesa. La tía se había mandado a construir una casa al estilo victoriano con amplios balcones mirando al mar. Una casa con tres techos de aguja sostenidos por columnas de orden corintio con un labrado de encaje sobre madera. El ensamblaje fue pintado como un gran pastel de cumpleaños con tonos rosados y lavanda suave. Desde sus balcones en el tercer piso se mecían en las sillas de caoba diseñadas por la ebanistería criolla. En su ir y venir contemplaban la serenidad del mar mientras bebían té a la inglesa con galletitas confeccionadas en hornos antiguos de Irlanda. Qué delicia, qué encanto fueron los años de su reinado.

Pero la finura y la elegancia acabaron por hastiarla. La buena vida no era suficiente. María Cristina soñaba. Miraba al mar y se preguntaba que habría a la lontananza del pueblo costero de lluvias interminables, del pueblo sumergido en el agua de los ríos, en el agua del océano, perpetuamente mirando el verdor de sus montañas. Porque cuidado que había agua en este pueblo que sus habitantes jocosamente bautizaron la villa de los enchumbaos. Ríos, manantiales, quebradas, la constante lluvia y el inmenso mar que la miraba retante. Naguabo era un pueblo dormido donde el rocío era perenne, donde no paraba de llover y la gente se cansaba de mirar la bruma colarse por los andamios. No, tenía que salir del pueblo y buscar mundo, aunque terminara dándole la vuelta a la isla un par de veces para encontrarse nuevamente con los robustos robles de su amada plaza. Algo de peregrina, de pirata llevaba en la sangre y el hecho de ser mujer no la detendría de explorar más allá de las riberas del insólito bosque fluvial bautizado El Yunque, la selva que la separaba del resto del mundo.

Desbocada y libre, se puso a trotar por la isla grande, descubriendo pueblos, conociendo hombres. Los aspirantes a su amor variaban en candidatura, desde el atrevido charlatán, pretendiendo burlar su castidad, hasta el serio romanticón idealista con serios planteamientos de matrimonio. La libertad no le hizo perder el juicio. Llevaba claro en la mente que era libre, pero no suelta. El concepto de la independencia con rectitud resultaba ser una dimensión difícil para el hombre común entender. La humanidad masculina encasillaba injustamente a la mujer en tres jerarquías. Eras la puta del puerto o la madre abnegada santísima entregada en cuerpo y alma a la familia. Siempre existía la tercera posibilidad, la dama señora señorona que poseía poder por estirpe y herencia gracias a un padre benefactor que la había dejado desahogada de preocupación económica, pero dichas mujeres eran contadas y difíciles de hallar. María Cristina se colocaba entre las últimas, pero no en exclusividad, porque no venía con el billete duro de la familia, aunque si llevaba el aire de autosuficiencia aprendido de su clase. Al cabo que querer destapar mundos no significara que fuera lisonjera, una mujer que fuera regalando la honra al primero que se le presentase. Además, ella llevaba pleno derecho de experimentar otros lugares como cualquier hombre sobre el planeta.

En su viaje sin rumbo cierto vino a parar a los mangles densos del este de la isla. No distante de la villa de Santiago se acurrucaba el pueblo de

Loiza. Zigzagueando a través de raíces acuáticas entrecruzadas llegó por fin a la orilla de un río claro. Cristina se refrescó el cuerpo para apaciguar el fuerte calor del trópico y la manada de mosquitos que la venían comiendo viva. A la vera de una quebrada sintió la dicha de encontrarse con un edén remoto que la salvaba del infernal mangle que por poco se la tragaba en el anonimato. Jamás soñó que en un lugar apartado de la civilización conocería la dicha de conquistar al irlandés de su vida. El céltico que también andaba perdido se apareció de la nada y como no queriendo interrumpir la refrescadura se le acercó para pedir ruta a la viajera errante. Ella dispuesta como si conociera el entorno se puso a dar señas y señales mientras contorsionaba el cuerpo mostrando una esquina del pezón izquierdo que se zafaba de la blusa transparentada por el sudor. Al desventurado no le costó más remedio que ponerse a transpirar y cavilar que cuestión se le ocurría preguntar para quedarse contemplando la linda criolla mojada de pies a cabeza. Tenía que inventarse una treta para que la linda criatura no se le desapareciera del mapa porque un ápice de andariega llevaba en el rostro. Una pizca salerosa de gitana llevaba en la mirada.

Decidió que la manera de retener a la joven era relatándole pormenores del sitio de su procedencia. A la persona menos interesada siempre le gustaba escuchar historias de lugares lejanos y desconocidos. De esta manera, en su raspado castellano, se puso a contarle de una isla verde encantada que se encontraba localizada en el hemisferio boreal. La ínsula era famosa por sus duendes que dormían de día para no envejecer y salían de noche para hacer mil clase de travesuras. El mismo presenció la aparición de un elfo simpaticón que por equivocación fue a parar en la casa de su padre. Una noche negra como una cueva vio cuando el gnomo se colaba por la chimenea cargando unas herramientas extrañísimas que jamás había visto en su vida. El geniecillo en un revuelo causó un sinnúmero de alteraciones en la casa dejando la morada alborotada y en desorden. Lo curioso fue que a partir de ese día comenzó a reinar una felicidad en el hogar paterno. La madre no paraba de cantar y el padre a cada momento le daba con acariciar y besar a su mujer. Con la conclusión del primer relato el irlandés se sentó en cuclillas a narrarle un segundo cuento. De inmediato ante los ojos de María Cristina él se transformó en un cronista de sueños. El celta intuía que la atraparía con sus historias fantasiosas siempre y cuando se refiriese a su isla lejana.

—Sí, mi isla se asemeja a esta tierra, pero un poco más fría. Verde, verdecita, verdecita como una esmeralda y unos castillos que para que te cuento . . . y la gente con el pelo rojo como una zanahoria. Te digo que hasta dragones salen de los ríos. Antigua, antigua es la isla, con príncipes y clanes bravos que no le temen ni a la muerte ni a la desgracia. Y la poesía se respira en el aire porque los nativos hablan con la magia de la palabra. Las sílabas les nacen suavecitas como si estuvieran cantando porque salen inspiradas de una lengua milenaria que llamamos gaélica. Te pones a mirar al cielo infinito y los dioses nórdicos te cuentan hazañas desde las nubes de algodón amarillo. Te gustaría, te encantaría mi isla. La llaman Irlanda que en lengua arcaica significa tierra que mira hacia el oeste.

De cronista fantasioso dio el tremendo e inesperado salto de convertirse en un adulador de primera como si ella no se hubiese dado por enterada que la zalamería llevaba una intención de enamorarla como una adolescente tonta. Le prometió que se la llevaría a su Irlanda fabulosa a vivir como una princesa exótica rodeada de mares embravecidos que ronroneaban con las estrellas diamantinas. El rollo se lo soltó desvergonzadamente y ella se dignó a escucharlo solamente porque no encontraba nada mal al señorcito de la isla esmeralda. Se vio halagada con la invención de una verborrea inesperada sólo para ella y optó con curiosidad por escucharle el resto de la lisonja enjabonada.

—Porque eres linda, linda como mi isla, linda como una princesa. Te meto en un hermoso castillo de cuatrocientos años rodeada de sirvientes y de pajes, y nadie nadie te podrá ver porque te quiero sola para mí. Y por la noche después de batallar el enemigo, cuando la niebla se cuele por el campo, te visito a escondidas para que no te sientas abandonada y sólo el amor de tu príncipe encantado te hará feliz. Igual que en un cuento de hadas viviremos eternamente felices en la isla esmeralda, en la isla de los dragones donde la gente habla cantando en poesía inmemorial. ¿Qué te parece linda? ¿No te suena cautivante?

María Cristina que gustaba de escuchar leyendas exóticas y a veces ver a los hombres tristemente ridiculizarse, echó una carcajada sonora y se empezó a imaginar el lejano país de antiguos castillos rodeados por colinas y praderas intensamente verdes. La descripción del archipiélago irlandés le recordó de las historias contadas por la tía Justina de una Galicia vieja y milenaria donde místicos frailes se desvivían por llevar una vida de santos. Los anagógicos se pasaban escribe que te escribe, recopiando la Biblia día y noche, pintándola con luces doradas de esmalte viscoso para hacerla lucir más hermosa que cualquier libro sobre la tierra. Encerrados en los monasterios sin que mujer incitadora se les acercase no sabían otra faena que caligrafiar y elaborar quesos de leche de cabras. La historia del pelicolorao tenía una resonancia en su propia familia. Una Galicia que también poseía un mar bravo y rabioso donde los hombres morían combatiéndolo en las severas tormentas del invierno. Intrépidos y valerosos eran los gallegos en sus descabelladas aventuras. La tía Justina que se pasaba quejándose del calor del trópico y añorando los fríos de su patria no cesaba de rememorarla. "No niña, no niña, tienes que conocer mundo, tienes que conocer mundo", le decía en su acento tosco y pesado del norte peninsular. "Tienes que conocer el frío para que veas que rico se siente, para luego comerse un buen caldo espeso y humeante a lo doméstico". La tía añoraba a su patria pero no dejaba la isla, reclamaba que el maldito mar del Caribe la había embrujado con una serenidad y oleaje monótono, no le permitía irse, escaparse de las garras marinas seductoras. Un hechizo le había echado el dichoso mar de los mil demonios.

Definitivamente que los cuentos del irlandés los disfrutaba porque le recordaban las anécdotas de su tía Justina. Los vivía como si estuviese navegando en una corbeta de velas inmensas, escuchando el ronquido tenebroso del mar nórdico que se tragaba los galeones mientras los corsarios luchaban para salvar sus vidas de los terribles ciclones. Los barcos de paños enormes se mostraban ínfimos ante la vastedad del océano donde se daban por navegar en el velo oscuro de la noche. Luego la intrépida tripulación tenía los increíbles encuentros bélicos con monstruos marinos que circundaban por el mar de Hirvania. Reptiles acuáticos del tamaño tres veces de una ballena ascendían de las aguas negras con sus lenguas encendidas de llamas y humo calcinado para devorarlos al instante. Pero ellos eran fuertes, audaces en sus empresas, de una firmeza vikinga que les daba ímpetu para enfrentarse con tremenda osadía a las calamidades y atropellos sin guiñar un ojo.

Sin chistar. Flecha viene y flechazo va hasta que derrumbaban al asqueroso animal dejándolo rendido mientras se hundía lentamente en el infierno de agua bañada en sangre y fuego. Para eso están hechos los hombres, para domesticar a la madre naturaleza y hacerle saber quién lleva el dominio sobre la tierra y el mar. A la par que contaba las historias se le contraían los músculos mostrando la corpulencia de su cuerpo esculpido. La masculinidad se le venía encima. Era obvio que llevaba el conocimiento exacto que su drama producía. Que la mujer que lo observaba y juzgaba viera su total sensualidad viril en despliegue. Intuía que ella venía fijándose en los órganos fibrosos y apretados mientras narraba la historia de la Irlanda milenaria. El marinero sabía inventarse las historias y contarlas con una veracidad asombrosa donde el héroe se ahogaba en las aguas despiadadas, pero que a la vez iba probándose en la desdicha de su agonía mostrando el macho valiente que podía ser. Fortaleza y sensibilidad serían los atributos que necesitaban quedar demostrados ante la niña que lo cataba.

Escuchar las narraciones del celta resultaba un deleite, pero el mirarle los hermosos ojos verdes y la encrespada cabellera roja incrementaba el placer. El contraste resultaba interesante entre las dos esmeraldas que le saltaban de la cara y la ondulación carmesí que le coronaba la cabeza. Una experiencia visual realmente inusitada para ella. La piel le brillaba con una lozanía de mares abiertos y debajo de la epidermis se podía admirar la firmeza de una osamenta que había conocido el trabajo de los muelles y puertos que discurría en sus largas travesías. El cuento le sonó a cuento, a pura invención, pero que relación bonita y toda la elaborada ficción para ganársela a ella. El halago la dejó rendida. En una pasión alocada se entregó desaforadamente a su querido Eugene, el celta pelicolorao de la isla esmeralda que la hacía más feliz que el cantar de los ruiseñores de la montaña logró rendirla con la magia de la palabra.

Formado el idilio, se fueron a vivir a un pueblo en la costa noroeste de la isla donde el mar era cavado y fragoso. Las crónicas de los primeros pobladores europeos relataban que por aquellas latitudes exactas había entrado el navegante genovés cuando descubrió unas tierras encantadas llenas de oro, frutos y mujeres destapadas. El entorno de colinas y praderas permitía un clima templado propio para el cultivo de hortalizas y flores. Un esplendor de verde relucía por los campos tintado por un inmenso cielo azul transparente de primavera eterna. En el valle elevado no se daba el calor sofocante de la costa sur ni los perennes chubascos de la costa del Yunque donde los poblanos vivían en el constante fluir del agua. De igual manera, Eugene quedó informado que por los idóneos lares algunos europeos recién llegados se habían establecido, formando sus nuevas familias isleñas con una proliferación que sólo el Caribe concedía. A Eugene la nueva empresa le sonó apropiada a su espíritu aventurero y se dio a construir el castillo bohío para la criolla amada que le llenaría la casa con cuatro o cinco gritones.

La casucha con el transcurrir del tiempo sería según su descabellada imaginación como uno de los castillos de la vieja isla nórdica que había dejado años atrás. Habría que empezar con palitos y paja, pero no dudaba por un segundo que la choza tendría que terminar como uno de los alcázares portentosos que había visto por el San Juan antiguo. La construcción se presentaría como palacete con una estructura sólida de guarnición para que la ninfa boricua quedara protegida de maleantes. En el tendría las comodidades a las cuales estaba acostumbrada. Le había prometido un castillo a su princesa y en el rincón deshabitado de la isla se lo edificaría. Al instante de haberla conocido supo que la joven aventurera venía de abolengo. La niña con extrema delicadeza pausaba al hablar con un refinamiento y una dulzura que en ocasiones lo hacía sentir como un patán de barrio hondo. Dejos franceses se le escapaban de la boca a la joven. La exquisitez de su palabra y la belleza del rostro lo dejaron entornillado en un amor de admiración callada. Cuánto la quería, cuánto la adoraba. Sólo él era capaz de comprender la magnitud de su afecto. El idilio se acrecentaba con el pasar de los meses y María Cristina no conocía mayor felicidad que el estar con su hombre, brújula de su piel, velero de su alma.

Fue para el año del dieciocho cuando la alegría se trocó en tragedia. La desdicha siempre llega a hurtadillas cuando menos se le espera. El ser va feliz por la vida cantando las maravillas del existir cuando de repente sacude el terremoto de la desgracia. Eugene se despidió temprano con el amanecer porque iba para la pesca. Fue en octubre, sí un 11 de octubre, porque jamás pudo olvidar la fecha odiosa cuando el mar se tragó el hombre que le permitió conocer el gozo de sentirse amada. Durante la mañana ella sintió un palpitar fuerte en la cabeza y le pidió que no la dejase sola, que un mal se presentía, que el mar no se veía de buenas ganas.

—El mar se ve extraño, de mal humor, no me dejes.

Él le besó la frente y se rió a carcajadas refiriéndose a lo supersticiosa que puede ser la gente, especialmente las mujeres que para lo mínimo sienten una intuición. El dichoso presentimiento de las mujeres que nunca podían explicar con total claridad. Su madre también en Dungarvan sufría de la clarividencia vaticinando agüeros fatídicos para que su padre no se diera a la mar. Él, al igual que su progenitor, no prestaría atención a lo que consideraba tonterías de esposas que protegían excesivamente a sus maridos. Por lo tanto, se echó las redes al hombro y soplando besos al aire descendió la colina para encontrarse con los otros pescadores que lo aguardaban con entusiasmo para echar velas.

Hombres toscos de hombros amplios esperaban impacientes al compañero recién iniciado en las aguas del Atlántico para irse remando mar adentro donde se encontraba la pesca abundante. Lo recibieron con empujones, manotazos y bromas para que se sintiera en familia, en camarada de faena. María Cristina intentó convencerse que en efecto era sólo una de las estúpidas premoniciones femeninas que te ponen a imaginar circunstancias que no existen. En fin, se persuadió de que sería locura suya, una manía ridícula de mujer. Se puso a tender la ropa para olvidar el asunto cuando de repente notó un silencio absoluto. Nada del cantar de los pájaros, ni el aullido del viento, ni el roce de las hojas contra el pasto. La brisa quedó suspendida y la ropa colgada quedó muerta sin vida que la soplara al aire del baile acostumbrado. Observó que las hojas grandes de malanga se quedaron estáticas como pintadas en un lienzo transparente. Nuevamente volvió a presentir el mal que antes había sentido.

De repente un sobresalto se apoderó de su cuerpo cuando advirtió un estremecimiento subirle por los pies procediendo de suelo adentro. La tierra de pronto empezó a sacudirse como si desde las entrañas la partiera un rayo. Una explosión interna se cuajaba en las profundidades del subsuelo. Un rugido de rabia se desprendió desde lo soterrado de las vísceras rocosas. El temblor agrietó el terrazo del patio en un rompecabezas de mil piezas. Todo a su alrededor se despedazaba, se fragmentaba en centenares de pedazos. Vio cuando en cuestión de segundos se desplomó la casita que con cariño y esfuerzo le había construido el hombre de su vida. El terror se apoderó de su garganta y no supo qué hacer excepto gritar desesperada el nombre de su compañero.

—Eugene, Eugene, Eugene.

María Cristina perdió el balance mientras veía el cielo moverse en círculos cerrados continuos como una inmensa resaca en mar abierto. La bóveda celeste en su esfera azul se convirtió en un inmenso carrusel que no cesaba de girar. Un mareo insólito se depositó en su frente halándola a un precipicio donde el vértigo la arrastraba a un limbo desquiciante. De manera imprevista la sacudida cesó quedando el suelo nuevamente tranquilo en una serenidad que sospechó no duraría. Por los subsuelos surgía un movimiento electrizante que no poseía voz pero sí una sensación de desarraigo.

Luego vino el silencio. El silencio aterrador. El segundo estremecimiento no la tomó por sorpresa. Trató de explicarse el fenómeno que se desenvolvía ante sus ojos, cómo era posible, ellos vivían en una isla con huracanes, tormentas y desgracias naturales propias del caribe, pero nunca se había escuchado de la tierra abrirse de par en par como una coquina reventada sobre la arena. Las piernas le tiritaron con el mecimiento, el vaivén del suelo que no se contenía en un sitio estable. El rugido que no se silenciaba, el gran bramido de la increíble bestia que se quería comer al mundo. Optó por agarrase de una palma y mirar hacia la playa, un punto fijo, para no perder la cordura y por lo menos ver una línea estable y serena. Observando la marea advirtió como la orilla se alejaba de la playa revelando rocas, arrecifes y partes del mar que jamás habían estado al descubierto. Era como si el mar se tragara a sí mismo. El extenso océano se apartaba y las aguas huían dejando la enorme inmensidad del suelo marino desnudo sin que una gota de líquido salado lo cubriese.

Los breves estremecimientos cesaron, pero a lo lejos divisó lo que nunca hubiese imaginado pudiera haber visto en su vida. En el poniente, en la línea de los hermosos atardeceres vio una ola gigantesca acercarse que se manifestaba como una muralla descomunal de agua bajada del cielo. Según el maretazo se arrimaba, su tamaño crecía en magnitud terrible. El endriago de espuma y sal era un brazo titánico salido desde el intráneo recóndito del mar. La imponencia del muro hecho agua obstruyó el resplandor del cielo y una oscuridad se apoderó del día. Acercándose con precipitación a la orilla de la playa seca y desierta, la ola se había convertido en un colosal torbellino dispuesto a arrasar con el más ínfimo elemento de vida que a su paso se atreviera a oponerse. El desplomo fatal habría de sucumbir sobre el pequeño valle acunado entre colinas medianas que ascendían hacia las lontananzas elevadas. La tragedia desastrosa fue vista por sus ojos bañados en lagrimas con un grito hondo estancado en el pecho.

Animales, hombres, mujeres, niños, árboles, sembradíos, casuchas, arrasados, arropados, atropellados por la mortífera muralla ola que se los tragaba de una bocanada, de un zarpazo, de un rápido hundimiento a lo visceral de sus entrañas. La villa se desorbitó con la desgracia. Las madres, los hijos, los maridos vieron a sus seres queridos en una lucha a muerte para zafarse del mar, de un mar que se los comía vivos en menos de un segundo. Las calles del pueblo fueron barridas del elemento humano por el golpe estrepitoso de la ola. En la cárcel los presos lucharon por salir mientras las barras de hierro los enterraban en una segunda condena. La inundación dejó al pueblo en un desierto de agua estancada, en una desolada planicie de la nada. Desgarrados de la vida cotidiana, pocos llegarían a contar lo sucedido. Para no recordar el incidente los sobrevivientes huyeron a las montañas para olvidar las muertes que cargaban en sus espaldas. El acaecimiento sería olvidado por las generaciones foráneas que reestablecerían el pueblo. María Cristina nunca logró borrar el suceso espantoso de su vida. Terminó marcada para el resto de sus días. En los sueños, en las pesadillas, podía ver a los desesperados luchando por mantenerse a flote mientras la vorágine los ahogaba en el epicentro de un remolino sin fin. Ellos permanecerían para siempre en la mirada de María Cristina.

Y así quedó sola, a la deriva, abandonada por la madre naturaleza cuando el desastre del año dieciocho marcó los años tempranos de su vida. Con la pasión encendida de una pareja joven que se amaba a diario y sin tregua, Eugene le había dejado una semillita encendida en el vientre que sería la desgracia y la alegría de los días venideros. Según le fue creciendo la panza no había hombre que se le acercara ni mujer que le hablara, era como si llevara la peste encima, la señal de la deshonra. No logró conseguir trabajo porque nadie deseaba echarse una mujer preñada encima. Era de opinión popular que las embarazadas trabajaban poco y se quejaban mucho. La familia de supuesto abolengo peninsular no quería saber de su existencia tampoco, para ellos la libertina había muerto. Enterrada en vida, ella y la pequeña criatura que esperaba. María Cristina sólo era un mal recuerdo, la vergüenza de su clan.

—Imagínese tener que pasearla por la plaza con la panzota y para colmar la mancilla, soltera. ¿Qué estúpido muestra el vilipendio en público? ¿Quién muestra una metida de pata? Hay que estar loco de remate para exhibir la afrenta. Que ni por accidente se aparezca por nuestra calle.

Ni la tía Justina que a los cuatro vientos se declaraba liberal y defensora de los derechos de igualdad hacia las mujeres se apenó de ella. Una abstracción era ser independiente y diversa ser libertina. La tía proclamaba una distinción, en la primera resultas intacta, en la segunda pisoteada. Para la familia, incluyendo la tía de ideas avanzadas, era como si estuviese muerta y sepultada. De nula existencia para ellos. Así de simple. No tenían que pensarlo dos veces. María Cristina, desamparada y señalada por sus compueblanos se fue a vivir al campo donde la gente no juzgaba con la severidad acostumbrada en comunidades cizañeras donde el asunto de uno era trato de la mayoría. En la montaña observó como no era la única madre soltera y le sirvió de enorme consuelo ver a las madres jóvenes abrirse camino a puro sudor y esfuerzo. Mujeres toscas y fuertes amamantaban crías mientras se daban a las labores duras de la agricultura. Se asombró de verlas trabajar como hombres sin lamentarse ni poner gritos en el cielo. Solas y determinadas en sobrevivir las calamidades de la vida se enfrentaban a la desdicha para echar sus familias hacia adelante. El esfuerzo común le sirvió de ejemplo. Se dejó de lloriqueos y lágrimas melancólicas de niña criada a bien y se puso a trabajar como si fuera dos, ella y un hombre. En el pasado se sepultaron los refinamientos ingleses y las chulerías francesas para hacerle frente a su nueva vida.

Parió a puro grito lo que habría de ser una niña hermosa y medio huraña, asistida por las mismas mujeres que andaban solas por la vida. Ahora eran comadres, hermanas en el asunto de la crianza. Cuando le dieron a su pequeña pelicolorá, robusta y radiante como un ángel bajado del cielo, una sola verdad irrevocable se plantó en su mente, su hija no sufriría el mismo atropello causado por los hombres que no supieron extenderle la mano. No, un rotundo no, ella no padecería injusticias. María Cristina gozaría en verla crecer bella, lozana y saludable. Bella entre las bellas. Sagaz entre las listas. Cuando le llegara el momento de casarse, sería la novia esplendorosa entre velos, tules y jazmines blancos. La prepararía para la desleal batalla de los sexos. De esta manera serían los hechos. Así sería la historia. Por eso en este momento crucial de la boda de su única niña, la podía ver engalanada para la guerra, apta para enfrentarse a la crueldad de los hombres. Su niña había perdido la inocencia, pero ganaba un poder sin límites, saberse mujer con todas las fuerzas incalculables que en el espíritu femenino se lleva.

girasol que viene girasol que va

comida para deleitar a diversos paladares. La total
...asada de generación en generación se manifestó en el
...recetas que trajo la tía Justina de la Galicia milenaria
...nes que se crearon en el terruño isleño por la falta de
...la sobra de unos nuevos que se fueron adaptando a la
...uando llegaron a las tierras alejadas de la península
...que ingeniárselas para inventar las comidas diarias
...con unos frutos que sólo los nativos consumían.

...vez que la tía Justina cató un plátano dictaminó
...te que por fin había visto el fruto más monstruoso de la
...lidad y la fealdad desmesurada de la vianda colocaba al
...tal en el tope de su lista de indignidades que no debían
...planeta. Lo miraba, lo estudiaba y lo contemplaba sin
...con la baya horrorosa que la retaba a un duelo culinario.
...s lenguas del pueblo le había contado que una profesora
...sa, mentada como la Pereira Plátano, lo había utilizado
...nas ansias femeninas que la traían loca cuando el marido
...ston. La desgraciada abusó demasiado del apaciguamiento
...nto de que un terrible día el tremebundo fruto se le partió
...os. Tuvieron que llevar la accidentada de emergencia al
...a metrópoli cercana, donde con grandes dificultades pero
...ios, un doctísimo médico isleño logró por fin abstraerle el
...sio. Desde entonces fue bautizada en el pueblo, que rehusó
...ente olvidar su historia, como Pereira Plátano de Boston. El
...ue la tía le tomara una repulsión excesiva al inocente fruto
...la perturbaba, excepto en su desmedida presencia.
...de cuentas la historia del platanazo no habría de intimidar
...e no se asustaba fácilmente con chismes pueblerinos sin
...a. La apta cocinera se dio a la tarea de experimentar con el
...o que la desafiaba a un duelo de honor donde su reputación
...no sería restregada como una simple marmitona de buque
...Experimentó día y noche en su callada gastronomía hasta

El pastor jamaiquino trigueño meloso de Kingston se puso a sermonear lindamente predicando unas palabras sacrosantas que el novio no pudo captar porque llevaba la cabeza distraída. Que si los desposorios de la Virgen, jovencita pura esencia de la castidad, igualita a la niña hincada ante el altar de estos gloriosos días de felices nupcias. Soltó una letanía arrastrada sobre el pudor del cuerpo, la blancura del alma con las cualidades dignas de la buena moral que elevan las propiedades del espíritu a unas dimensiones extraordinarias desconocidas por el hombre que no se ha entregado a su supremo hacedor. El religioso anglicano de la vecina isla caribeña se emocionó cuando llegó la ocasión de tener que enumerar las obligaciones conyugales estipuladas por la iglesia redentora. El cuerpo le temblaba en un éxtasis turbativo mientras explicaba en forma gráfica de cómo el hombre tendría que abastecer, proveer hasta saciar las necesidades internas del débil sexo femenino, henchirla plenamente de lo que le hiciera falta, a la pobre y desamparada mujer que en el tálamo virginal se entregaba a los portentosos brazos del marido.

—Tú hombre tienes que llenarla bien, tener muy bien que llenarla. Ese vaso del regocijo tiene que estar repleto de miel y leche, me oyes las palabras sabias, de miel y leche. Casi día y noche repleto de la leche y miel para que salir como debe. Cada día tú hartarla completamente de lo que ella necesita y quiere, pero que no siempre te pide por pena o vergüenza. Me vas comprendiendo o mi español nuevo no estar llegando a la cabida de tu cabeza, a los huecos de tu mente. Los hombres no pueden ser flacos en asuntos del abastecimiento porque si no ganan nada y rápidamente perderlo como si nada haber tenido antes de la mujer. Aleluya, aleluya, aleluya, glory be with the maker. God give you strength. Como me entrar la alegría, el gozo hablar de lo que what is good for you. Sumi ante numi de la cosi cosi oh my lord oh my lord what is this that I am feeling what is this that I am feeling what is this that I am feeling cosi cosi numi. Me entiendes hermano Ernesto, que más claro no te puedo explicar las verdades de la vida.

La mujer se relegaba a la obligación de rendirse en cuerpo y alma a su hombre. Su nuevo rol consistía en pertenecerle a su marido, respetándolo incondicionalmente hasta la muerte. Golpe venga golpe va, hay que obedecerlo hasta el final de los días porque desde este instante él sería el eje central de su vida, padre, cónyuge, amo. El hombre que habría de mantenerla derechita para que no se desviara de los caminos de la moral cristiana. Y ella tendría que entregarse con la debida servitud al hombre que le guiaría sus pasos, el macho que la colmaría de hijos, de una familia que sería su única definición como ser sobre la tierra. El pastor explicó en lujo de detalle los sacrificios de abnegación por venir para que ella no dudara ni por un momento sus futuras obligaciones de madre y esposa.

Al pastor le sudaba copiosamente la clara parda frente mientras enumeraba los nuevos compromisos de Eugenia. Gesticulando con las manos oprimidas contra su boca, como si de allí se le escapasen un par de senos duros, vociferaba a pulmón que la mujer virgen era la alimentación interna del hombre pecador que sólo conocía el pecado sin ella. Los feligreses terminaron azorados con el sermón apasionado que no comprendieron. El encorbatado místico intentaba alcanzar un tono erótico de relevancia espiritual, pero una represión honda le silenciaba el deseo de llegar a su éxtasis de verbo hecho carne. Concluyó su sermón con unos cantos internos en lenguas donde se bebía las lagrimas por una emoción que sólo él disfrutó. Se supo que había concluido la diatriba porque terminó aullando con unos alaridos que anunciaban una excitación perturbadora.

que por fin descubrió las maravillas y las versatilidades del que ahora no le resultaba ni odioso ni chocante. El reto que ahora era un placer lo tomó en serio y no salía de la cocina inventándose un manjar original basado en su nuevo amigo que ahora era el magno rey de la cocina. De su laboratorio culinario, la tía Justina con sus expertas secuaces, lograron extraerle los secretos al plátano y a frutas igualmente deliciosas como lo eran el mamey y la guanábana. De tal manera se obsesionó con los ingredientes locales que no salía del mercado buscando una legumbre, un vegetal, una fruta, una especie que le anunciara los secretos íntimos que sólo ella y sus nuevas adeptas de la cocina criolla lograrían descifrar. En el mercado los vendedores le guardaban frutos raros procedentes de Cuba, Santo Domingo, Haití, Jamaica, Barlovento y Dominique. Con la paciencia y el gusto del caribe a sus manos se sentaba con las criadas, las cocineras jóvenes y las amigas isleñas a confeccionar platos nuevos y exquisitos que luego serían la sensación del país, la herencia culinaria de la isla nación.

Con un tesoro de recetas heredadas, aprendidas e inventadas, María Cristina se lució en un despliegue de platos deliciosos que fueron el deleite y la maravilla de los comensales. Los dirigió a la mesa para que sus ojos se extasiaran con el bodegón criollo. Ante ellos se expuso la debida presentación de los pasteles picosos de ají encendido en hoja de plátano suelto, los pasteles dulces con pasas doradas para los de menor resistencia, el arroz con gandules en alcaparrado de ajo ahumado, lechón con mojo a la varita en salsa de guayaba, gallina joven en pepitoria, alcapurrias de cangrejo y carne, pastelón de pollo a lo Aibonito, pescado en escabeche, bacalao a la vizcaína, piononos en crema acaramelada de almendras, camarones en su unto de cilantro, plátanos encebollados a la vinagreta, buñuelos de maíz revuelto en queso, croquetas de batata y carne, rellenitos de papas con el condimento de Haití papiamento, cuajito en aderezo rosado, el tradicional arroz blanco salpicado en tocino y eternamente acompañado de las habichuelas marca diablo guisadas en su mejunje de calabaza, chuleta a la jardinera, tembleque con tinta de tamarindo, flan hecho a la cazuela, arroz con dulce de coco, garapiña, horchata de ajonjolí, champola de guanábana, bilí enquenepado de Vieques y el ron pitorro con pasas nuevas.

El aguardiente había que bebérselo a escondidas, detrás de la casa, para que no se enterara la comunidad cristiana de que en el convite había diablo oculto, devil, big devil en botella, Satan in a bottle. Algunos de los feligreses anglicanos se arreglaron su escapadita al batey para suministrarse de vez en cuando la copita congratulatoria porque no siempre se daba un emparejamiento protestante en grande como lo dictaban las escrituras. En el campo perdido de los diez mil demonios, donde medio mundo vivía en amancebamiento, había que celebrar y halagar las ínfimas parejas que se casaban cristianamente. Ernesto y Eugenia serían los ejemplos para los que pensaban seguir la ruta del matrimonio. Los novios bailaron dos o tres danzas a la ponceña sin mucha pegadura, se brindó con efervescente sidra asturiana y la celebración siguió hasta entrada la noche cuando por fin se despidieron los últimos invitados que medios bebidos gritaban parabienes a los nuevos esposados. Los invitados quedaron satisfechos con el paladar y ni se diga con el dulce licor del roncito añejado, prohibido al principio y en manos de la completa concurrencia en las últimas horas del fiestón.

Durante el transcurso de la fiesta en varias ocasiones la madre agarró a Eugenia de la mano y se la llevó a una esquina para susurrarle frases alargadas al oído. Al principio pensó que era un juego inocente entre madre e hija. Luego cayó en cuenta por la severidad en el tono de la voz que el sermón venía en serio. La niña cambió de colores cuando escuchó el primer consejo. Lo que sus oídos escuchaban no podía ser cierto. Este lado de su protectora lo desconocía por completo. María Cristina mientras explicaba la abrupta lección gesticulaba con la boca haciendo una serie de movimientos extraños que para la hija parecían incomprensibles. No pudiendo creer lo que la mujer le demostraba con lujo de detalles frente a los presentes optó por pensar que eran payasadas de la madre y se echó a reír a carcajadas. María Cristina le atizó un pellizco que le marcó el antebrazo a fin de que la novia prestara la debida atención a los gestos. La apresurada lección que impartía era asunto serio, de ello dependía en gran medida su porvenir.

Para el tercer encuentro Eugenia comprendió que la madre no venía comiendo cuentos, las lecciones eran precipitadas, pero importantes. Le explicó las artimañas de la cama para que pudiera llevar el dominio sobre Ernesto. En la relación de recién iniciados él iba más inocente que ella. A leguas se notaba que el cristiano no llevaba experiencia en el bolsillo. María Cristina le explicó que su condición bisoña le daría una ventaja provechosa que luego ganaría con creces. Ahora le había llegado la oportunidad de tener el completo dominio sobre él. Como un telegrama de emergencia le disparó una retahíla de consejos que iban intencionados como armas de poder y por la contundencia de los mismos no lejos de haber sido experimentados por la que los dictaba.

—Ríndelo con tus caricias y besos. Chúpale hasta el vivir. Déjalo exhausto, pidiéndote más. Aprieta duro con los muslos, durísimo, como si partieras un plátano verde. Súbete de lado y móntalo para domarlo como un caballo salvaje, luego te colocas a la inversa para que sienta la apretadura de los adentros. Atiéndeme tontona que te estoy hablando, ¿no ves que lo que te explico es importante? Mira lo que estoy haciendo con la boca, mírame detenidamente. Luego le lames las tetillas y la lengua se la pasas de esta manera. Primero suavecito, luego fuerte y otra vez suavecito. ¿Me entiendes? No te hagas la zonza que en el revolcón tú vas a cortar el bacalao. Y no te canses, ¿me oyes? Que se canse él primero, tú la fuerte, siempre la fuerte. Jamás te canses. Tú siempre a la delantera con las riendas en mano.

Eugenia miraba de reojo a Ernesto mientras la madre le explicaba gráficamente las técnicas maritales que deleitarían al marido en el tálamo esa noche. No se explicaba como ella pequeña y débil podría rendir a sus pies al monstruo de hombre que era Ernesto. Llevaba un corpacho de vida imposible de quebrantar. Con sólo mirarlo le entraban unos miedos de escalofríos interminables. Cómo rendirlo, cómo traerlo a sus pies. La madre leyó la inseguridad en su mirada.

—Mija, mijita, mijita, te me dejas de pendejerías. En esta familia no nacieron pendejas. Como lo ves de grande va a sucumbir también. No hay mujer sobre el planeta que no pueda subyugar a un hombre con los encantos de su sexo. Eso sí, siempre y cuando no se ponga con las estupideces de decirle que lo quiere o que lo ama mientras hay asunto de calenturas de por medio. Él se va a creer que te tiene vencida y acabarás por estar jodida para siempre. En las cuestiones del matrimonio la faena es una batalla inmensa y el vencedor es el que no se deja arrastrar por los sentimentalismos. Apúntatelo en la memoria que no te voy a durar la vida entera. Tienes que salir victoriosa. Me oyes, victoriosa.

Con estas últimas palabras de sabiduría bélica de los sexos María Cristina agarró por fin su manto sevillano y se lo colocó con una elegancia provocadora sobre los hombros. De la manera más solemne tomó las manos de los desposados y le lanzó su consejo final.

—Quiéranse mucho, mucho de verdad. No permitan que el pasado errado trunque su porvenir que ahora se anuncia prometedor. El pasado se entierra en el pasado y a lo hecho pecho. Sobra buena vida por delante, no la desperdicien.

Se despidió de los novios con sentidos besos y parabienes. Le proporcionó a Ernesto unas palmaditas en la cara como para refrescarle el vivir y despertarlo del soponcio que llevaba encima. Antes de la retirada final se acercó a su yerno y le dijo muy quedo pero contundente al oído,

—Trato cerrado mijo, convenio herméticamente sellado como en los negocios. Yo cumplí con mi parte, ahora tú cumple la tuya. Te la dejo como nueva, pero mejor, verás como me lo vas a agradecer para el resto de tus felices días. Ah . . . otra cosita. Me la cuidas como un diamante. La primera te la dejé pasar, a la segunda va la vencida. Como dicen en la sierra, en guerra avisada no muere gente.

A su hija le guiñó un ojo y le sopló un beso en el aire con la maternidad abonada que pudo amontonar en el momento. Había hecho lo posible para la niña. En ella descansaba el resultado final de lo que sería su vida. Se iniciaba en el difícil rol de ser mujer y la madre estaría presente para guiar sus pasos. María Cristina se marchó con el melodrama que su clase y pasado abolengo una vez le permitió portar. En su caminar decisivo llevaba una fuerza que marcaba la ruta de sus vidas futuras.

Al permanecer solos, el nerviosismo se apoderó de los cuerpos entrando en cada poro de la epidermis helada. En la casa reinaba el silencio. Ernesto no sabía que hacer con su existencia. Le sudaban las manos, la frente, la figura entera. El abrupto encuentro que tuvo con Eugenia en el río fue la única experiencia carnal de sus días. Qué sabía él de las cuestiones emotivas entre un hombre y una mujer. Se había dedicado en cuerpo y alma al trabajo. Acaso no fue así como se lo explicó el reverendo jamaiquino. Los hombres a laborar, a partirse el lomo, que para eso vinieron a la tierra. El pastor le reiteró que dicha enseñanza persistía de forma clara en el libro sagrado de los sucesos. Los embelecos de tratos con mujeres nadie se los había ejemplificado. Lógico que no se le podía tirar encima como un bruto como lo hizo en la quebrada. Hasta el más ignorante no repetiría la bestialidad dos veces. Ahora era su mujer, su esposa, el honor de su nueva familia. El trato tendría que ser distinto, pero cómo. Se rascó el cuero cabelludo buscando la respuesta a su incógnita en las raíces de su cabellera. Se imaginó que una sutileza estaría envuelta en el asunto, pero cómo, cómo iniciarse en el arte de la seducción que rendiría a su desposada en la cama nupcial.

Eugenia se percató inmediatamente del susto que llevaba Ernesto. Tal y como se lo había presagiado la madre, el hombre era un gradulón con miedos de niño. Desde la inmensa soledad prieta como el carbón que la noche aportaba se le podían ver las gotas de sudor brillándole en el rostro tembloroso. En cuestión de minutos la niña mujer hizo inventario de las lecciones veloces adquiridas por la madre para ponerse a la ofensiva en el asunto que les venía en mano. Se avalentonó y extendió la primera estocada. Apagó las pocas velas encendidas con un soplo ligero mientras enterró la mirada en los ojos de Ernesto. En la recámara húmeda descubrieron la soledad íntima de un deseo revelador que se bañaba en los rostros pálidos medio iluminados por la luna menguante. De repente, de la nada, Ernesto sintió una mano suave posarse sobre su duro y tosco pecho. La mano como si tuviera vida propia acariciaba sutilmente los vellos que bordeaban las tetillas. Le entraron unos escalofríos que le hizo retumbar el cuerpo como un campanario alocado. La sensación extraña pero sabrosa nunca la había sentido antes. La mano no cesaba de girar por los discos rosados de la piel. Ernesto no pudiendo contenerse soltó un fuerte suspiro como si el cuerpo se le hubiera desinflado en un instante. Seguido expeló un suave gemido como si fueran a degollarlo.

Eugenia no pudo creer la magia de sus dedos. Qué otros poderes ocultos llevaba en la epidermis, sólo esa noche y otras más como la que vivía se lo revelarían. Recordó las mímicas de la matriarca y permitió rienda suelta a la imaginación. Ernesto que se encontraba en trance, vio de manera perpleja cuando los labios rosados de su mujer se posaron sobre los suyos. Cuál era el acto de seducción que estaba a punto de transgredir los espacios de hierro que lo formaban. Una dulce lengua de súbito apareció y comenzó a delinearle la boca. A girar y girar, y voltear como lo habían hecho antes los dedos sobre el frágil disco de su piel. De manera sorpresiva, el músculo carnoso le entró en la cueva de la boca y la osamenta entera se le estremeció cuando la joven novia comenzó a saborearle los adentros del orificio aguado que se rendía ante el placer desconocido. El hombre sintió que caía en un vacío del que nunca regresaría. Ernesto jamás había besado a una mujer y la experiencia enloquecedora fue una maravilla sin palabras. La vida entera hubiera dado para que el delicioso instante se perpetuara en su memoria.

El vencido se dejó entregar. Nada en el universo podía ser mejor que el rendimiento de su poder. Nada. Eugenia por su parte era una novicia en los juegos del amor. La ejecución de los movimientos le venía de pura intuición, una imaginación descabellada que se soltaba a la experimentación de lo que le era totalmente ajeno. Tampoco llevaba conocimiento de lo que hacía, en que caminos se había metido. Pero eso sí, su divina madre le había explicado lo básico, lo rudimental, y lo demás se lo inventaba por el sencillo placer de enterarse a dónde la llevaría el enjambre de maniobras y chulerías que por el paseo de la piel se inventaba. Ella se dio cuenta de inmediato que él también desconocía el juego fabuloso y que podría tantear a lo lindo y a lo grande. Él sería su nuevo muñeco, con él jugaría hasta cansarlo con el retozo arriesgado que ella descubría a la par. Sí cansarlo, dejarlo rendido sin fuerzas para batallar, como aún le resonaban las palabras de María Cristina. Una voz secreta, muy adentro, muy escondida en su ser de mujer la guiaba, le indicaba qué hacer, como si el guión del amor lo llevara a flor de piel.

Le chupó la boca con desenfado hasta que se cansó y después se le ocurrió un placer distinto. Una treta amorosa que su madre no le había enseñado, pero que en el momento le nacía del interior de su ánimo, de un lugar que ella misma desconocía. Se puso a recorrer el cuerpo del hombre subyugado con intermitentes besos y mordiscos llevándola lentamente al epicentro donde sabía se encontraba la debilidad del miembro encendido. Se arrodilló ante él como sacerdotisa de los cien mares y como si fuera una experta de milenios acumulados se fue tragando con lentitud el hierro de los mil demonios hasta que se le fue la respiración. Ernesto comenzó a sollozar. Un grito ensordecedor le nació del pecho. Se bebía las lágrimas. Qué sensación era aquélla. Cómo era que nunca había conocido el placer que ahora lo rendía, por qué el pastor jamaiquino nunca le habló sobre el feliz rendimiento del amor. Un vértigo se apoderaba de su cuerpo y él quería ahogarse, desaparecer y reaparecer en el deleitoso vacío de los vacíos.

Eugenia se vio dueña de una fuerza apoteósica. Una fuerza liberadora. Tenía la sutil y dulce venganza en la boca, en las manos, en el suave triángulo de la entrepierna. Sabía que el mismo cuerpo ultrajado por Ernesto sería el arma justiciera que arrastraría el vil hombre al infierno. Le haría pagar cada uno de los golpes recibidos en la mañana de su desgracia. La inocencia que le robó en el río tendría que liquidarla con la creencia de un amor fingido, de un amor que le destruiría el espíritu lentamente como un cáncer oculto que estalla cuando menos se espera. Con ternuras y caricias le rompería el alma en mil pedazos al demonio de hombre, para sacarse la pestilencia que llevaba pegada en la piel, para sacarse los cristales fragmentados que llevaba dispersos en la sangre. Ni los mejunjes, alcoholados y mimos de las comadres sacaban el dolor zanjado que llevaba enterrado como aguijón en el corazón. Ni la madre que le acariciaba la noche entera el rostro mojado lograba desanudar el apretón depositado en el pecho. Por las noches se despertaba gritando, bañada en sudor como si por castigo tuviera que revivir cada momento en las pesadillas que venían con el rendimiento nocturno. Era una cadena perpetua de la que no podía salir. En cada sueño sentía que se ahogaba en una masa de cuerpo y agua, la muerte se la llevaba al limbo suspendido donde ni su madre ni el río adorado la esperaban.

Con mimos y caricias se propuso llevarlo a su infierno. Ella no habitaría el lodazal de fuego sola. Eugenia lo arropó con su cuerpo diminuto y le hizo sentir el calor de su piel. En un arranque despiadado recargó las fuerzas hasta lanzarse sobre el cuello grueso de Ernesto. Encima del cogote del animal depositó la feminidad entera de la que se sentía dueña. Manos, uñas, muslos, caderas, pubis y la cabellera loca de brasas serpenteaban el pescuezo de la bestia. En desbordado frenesí lo sofocaba con un aliento baboso y espeso, le robaba la última respiración como si el intento de un crimen perverso estuviese presente. En la inmensidad del cuerpo sudado de Ernesto se puso a nadar como un delfín dando entradas, saltos y salidas como si el corpacho del hombre fuera una gran masa de agua donde podría sumergirse a su antojo. Ernesto se había transformado en su nuevo río. En el río de la maldad, la lujuria y la culpabilidad. El no hallaba si pedir más o que cesara el dulce tormento de tortura que lo enloquecía. Por qué lo hacía sufrir en el rico dolor, en el delicioso placer que rayaba en un odio matizado. Cómo escaparse de las garras de la niña que lo saciaba quitándole la vida de la garganta. De la niña que parecía más bien querer matarlo que rendirlo en el éxtasis de sus brazos. El acto se había vuelto una confusión de intenciones.

Eugenia sin muchos aspavientos, recién conocedora de la magia seductora, del hechizo que era capaz, decidió que llegara el momento de que él sintiera sus adentros, la entrega final que lo sumiría en la oquedad de los abismos interminables del gozo carnal. La suave y dulce entrada que lo estrangularía, que lo dejaría rendido a sus pies. En un salto abrupto inmovilizó la cintura del marido para entramparlo en un asecho inesperado. Con el epicentro afianzado lo cabalgó como un jinete experto que doma a la bestia fiera. Pretendía con la fuerza de sus caderas arrancarle el temblor de los huesos. Ernesto no supo que hacer. Intentó asirla, incorporarse para subyugarla, pero se le escabulló en el mar de sudores que lo bañaba en placer. Con renovados bríos la mujer se elevó al núcleo de su reino para martillar con ahínco feroz al hombre que sollozaba como un niño. Eugenia avispada lo mecía como un columpio hasta sacarle gritos y aullidos del diafragma desgarrado.

El deseo de vengarse era mayor al dolor que sentía en las entrañas. Los labios vulvarios que recibían el desgarre del hierro foráneo estallaban en punzadas como el flechazo que hiere hasta el suplicio. La cavidad voluptuosa era un torbellino de sufrimiento donde reinaba la incesante aguja que perforaba y quemaba sus adentros. Su cuerpo no era un rendimiento en éxtasis, sino un calvario de la piel cuyo único propósito era obtener un triunfo sobre la monstruosidad que yacía sobre el camastro. En un soliloquio interno se convenció de su meta, "te odio mil veces animal de mierda, bestia repugnante del lodazal putrefacto. Estoy sufriendo descuajada, rota en mil pedazos, para luego en mis horas contadas con la lentitud milenaria de la clepsidra, subyugarte y pisotearte como un insignificante insecto. Llora, llora, llora, que te tengo agarrado por los cuernos y el último zarpazo lo daré yo con la estocada que te partirá el alma en dos. Verás como te desgarro la vida fantoche de hombre, porquería de excremento".

Ernesto con la corpulencia sobrada de hombre no era sino un niño grandulón que no había conocido los placeres de la cama. En el lecho de los dulces dolores se dejó guiar, seducir, maltratar por la sacerdotisa cruel en que la niña inocente se había convertido. Lo tuvo la noche gritando, jadeando y sudando hasta que se cansó de él y lo tiró como un bagazo, como un juguete viejo que no rinde el placer deseado. En la piltra estrujada oliente a sexo rancio, exhausto de no poder continuar con lo que se le exigía, se encontraba el ser infame que la había pisoteado. En el sacrificio de un drama fingido había descubierto el secreto de cómo domarlo, cómo hacer de él lo que le viniera en ganas. El desgraciado correría como un loco a buscar el placer insólito que hasta entonces le tenían vedado. De esto a ella no le quedaba duda alguna. Pero el gusto le costaría caro, y entre gritos y placeres pagaría cada segundo de sufrimiento que ella una vez vivió junto al río.

La dulce venganza se depositó como un tumor incurable en los resquicios de la memoria que no le permitía vivir una vida renovada libre de culpas y señalamientos. La herida seguía abierta como un volcán exhumando la rabia y el dolor que ella misma no acababa de comprender. Llevaba una muerte estancada en el pecho y desenterrarla era el propósito mayor de su vida. Mirándolo en la cama capitulando sus poderes de macho se preguntaba si ella se había vuelto como él, un monstruo odioso que viviría del dolor ajeno, del sufrimiento que ascendía a un fin sin retorno.

cundiamores de esperanza

Ernesto cayó en las redes de lo que él pensó sería el amor. El fuego de la piel ardiendo deslizándose en sudores y quebrantos podría ser el amor, podría ser el oculto secreto que nunca se le reveló. La madre, el padre, el ministro jamaiquino, todos habían guardado con tal celo el enigma del enamoramiento que se sintió robado de la dicha del misterioso gozo. Atestado de religión y trabajo fue su vida. "Trabaja duro Ernesto para que no te quemes en las pailas del infierno. Para que no te achicharres con los pecaminosos de la tierra. Trabaja hasta que te canses y no puedas con tu alma. En los sudores de tu frente está la salvación muchacho, trabaja que te vas ganando el cielo. Y cuando no estés en la laboriosidad de la carne, a rezar se ha dicho. Reza, implora mucho por la purificación de tu espíritu para que no quedes como ánima en pena desamparado por los días de tus días". La congregación le repitió hasta el saciar que su responsabilidad radicaba en ganarse los reinos de los cielos con esfuerzo y laboriosidad. Su vida se cuajó en oración y trabajo.

Eugenia ahora estaba presente para transformarle la vida. Ella se convertiría en el astro que le guiaría sus pasos, prestando luz a un destino opuesto, más colmado de felicidades que la existencia seca y árida que había llevado. Ella lo había perdonado. La prueba la sentía en la desaforada pasión de su cuerpo que se encendía como una llama roja. Por las mañanas se levantaba buscando, tanteándola, para asegurarse que no era una ilusión y que la maravilla de su mujer seguía presente, como un bello sueño del que no se despierta jamás. Al encontrarla, descubría un caluroso emborujo en forma fetal que intentaba envolverse en un capullo. Qué buscaba la criatura dentro de su ser. Qué incógnita se le había perdido en la envoltura de su mirada. A qué oscuros terruños navegaba en las pesadillas. Por qué lloriqueaba en los sueños como si la estuvieran hiriendo. Pero a veces quedaba rendida, dormida con una respiración apacible y serena. En ese preciso momento parecía un ángel, un ser alado y celestial bajado del cielo.

Eugenia se volvió diestra como si la práctica intuitiva la convirtiera en una perita del placer carnal o acaso fue la milenaria sabiduría de las mujeres que la precedieron. Una a una le dejaron el legado esperanzador de descubrir el secreto recóndito de lo que era ser mujer. En los baños del río una cosquilla se le colaba por la planta del pie arrastrándola a un deseo enorme de querer acariciar la pantorrilla, el muslo, el abdomen suavemente, hasta llegar al pubis naranja donde retozaba a su antojo para luego sumergirse en las aguas donde encontraba sosiego al juego por ella inventado. Emergiendo de las profundidades flotaba a la superficie para luego repetir el mismo acto una y otra vez. El placer no tenía más fin que el que ella le buscaba. El manoseo en el río le permitió iniciarse en un atropello de sensaciones que ahora venían a canalizarse en las praderas, en los valles, en el monte del que había nominado su marido.

Por la mañana lo despertaba con un sutil beso que se alargaba por el cuerpo hasta tragárselo pedazo a pedazo asegurándose de que no quedara parte que no conociera o probara. Ella y sólo ella sería la cartógrafa de su inmensidad. Palpaba los recovecos de las axilas para adentrarse en la suave epidermis que se sabía rendida por la salivación de besos abonados. Ernesto sentía como el recorrido de la sangre se apresuraba desde los pies, la cabeza, el corazón, todo el fluir sanguíneo como una ola desbocada para depositarse en la masa endurecida de la virilidad. Con la intención provocada le mordía las tetillas haciéndolo ronronear como un gato montuno de las selvas. Él le rogaba, le suplicaba desde su rendimiento que hiciera más de lo que no tenía nombre, porque luego habría de llegar lo mejor, se extasiaría en la fruta dura que portaba en el epicentro hasta dejarlo con las puntas de los dedos tensos como rocas. Sí, petrificado quedaría en el desmayo hasta que ella le diera la gana de liberarlo. Él no entendía por qué lo torturaba, qué placer sacaba con el martirio, pero él gustaba del sometimiento, de saberse deseado por la linda criatura que había descubierto el cabotaje de su piel.

Adolorido de los excesos de su mujer, apenas sacaba fuerzas para levantarse para lidiar con las faenas del día. Desnudo con los músculos flácidos se arrastraba hasta la pileta de la cocina para darse un baño de gato. A duras penas lograba vestirse y calzarse pareciendo un espantapájaros con los ánimos barridos por el suelo. Borraba la modorra con una taza de café amargo y negrísimo, único alimento matutino que falsamente nombraba como desayuno. Con lentitud marcada se encaminaba taciturno al campo para supervisar a los peones asegurándose de que el trabajo marcharía según lo dispuesto por él. El ímpetu con que antes cabalgaba perdió prestancia y la joven yegua resentía el jinete desganado. En una relinchó como de muerte y se alzó en las dos patas traseras como exigiendo montura a paso firme y avanzado. Ernesto se desmontó de la bestia para acariciarla y explicarle al oído que otra hembra le había apaciguado los bríos. Qué se anduviera tranquila, que ahora era hombre sosegado de hogar y mujer firme.

Como parte de la rutina acostumbrada al mediodía entraba a la tienda de abarrotes para asegurarse de que su colmado iba surtido con los productos exigidos por los clientes. Entre revisar las cuentas de los deudos y las sumas de las ganancias, súbitamente recobraba los ánimos perdidos al verificar con entusiasmo que media población le andaba endeudada. Dándose tremendo gusto, se perdía en el sortilegio de sumas y restas siempre resultando beneficiado de los altos intereses devengados de un campesinado hasta el cuello endeudado fuese por dinero u horas laborales. Positivamente que era hombre feliz, agraciado por la bendición de Dios, una mujer que lo volvía loco en la cama y el dineral que se le venía encima. Dinero, dios y dama. O era Dios, dinero y dama. Que rayos importaba si al final de cuentas poseía la trilogía perfecta. Más no se le podía pedir a la vida. Ahí tienes la buena paga se decía a sí mismo, cuando un hombre se pone los pantalones en su sitio, el mundo se rinde a sus pies.

Para las dos de la tarde le empezaba el cosquilleo entre las piernas. Como un reloj despertador, como si la alarma estuviese puesta para hacerlo sufrir. Se acomodaba y reacomodaba el portento como para calmarlo. Se sobaba contra el mostrador para que dejara de insistir. Pero no. Mientras más lo tocaba, más le reclamaba liberación de la entrampada prisión. El hierro se negaba a bajar. Los clientes notaban la protuberancia y se echaban a reír. "Pobrecito, está recién casado y no se aguanta". El disimulo empeoraba la situación. Comenzaba a sudar profusamente. Las manos encharcadas dejaban caer los potes por todas partes que agravaba la condición. Al tener que doblarse para recoger las latas, el poste encendido se le marcaba con más ahínco. Qué mierda coño y no lo puedo controlar. Qué carajos me hizo Eugenia. Las mujeres a carcajadas lo miraban sin discreción para hacerlo sufrir en mayor grado la vergüenza, la pena de no poder controlar la firmeza inaguantable que le estallaba de los pantalones.

Sabía que era Eugenia llamándole, exigiendo que se le pusiera a su servicio. Desde la distancia podía percibir el roce de la piel, el suspiro callado que le reclamaba apagar el aliento desenfrenado. "Para eso sirven los hombres, para servirle a una adentro, donde está el gustito del confort. No te hagas el fuerte querido, mira que tú sabes lo que tú quieres. Así trabajarás mejor, despejado como quieres estar. A nalgada pura te voy a saciar para que el almuerzo te dure la tarde querido, mi nene querido". La voz le retumbaba en la cabeza como una bomba. No pudiendo controlar el deseo de tenerla cerca, apretada a su lado, salía corriendo como un loco del colmado. Los clientes se aprovechaban de la demencia temporal del tacaño para hurtar dos o tres comestibles balanceando las cuentas del que tanto les había robado. El matrimonio le había llegado en buen momento al campesinado endeudado.

En la casa Eugenia lo esperaba para calmarle los sudores. Esparcida y entregada para socavar los fuegos que comían al marido. Sin besos.

Sin caricias. Sin saludos. El desaforo no viene con el amor, viene con un ardor de una sangre encabritada que busca desbocarse en una cavidad donde el tiempo pierde su constancia. Un aquí me tienes y saca la rabia que llevas dentro. Ernesto como una bestia se le flechaba encima sin más preludios que un cuerpo desnudo sumergido en un río de pasión que le saciaba la sed del apretado nudo de la garganta. En gritos se le salía el vivir. Bramaba para gozarla a su antojo. Con el rugido sentía que la poseía allende de su cuerpo.

—Enia, Enia, Enia, Eugenia, mima, mamita, nena, mami chula, ay, ay, como me tienes. Coño suéltame de este lazo mira que no puedo con la carga. Enia, Enia, Enia de mi vida. Mamita no puedo. Déjame salir.

Pero Eugenia apretaba duro el nudo, con fuerza para que sufra y se sienta como un esclavo de lo que no entiende. Sólo ella sabía liberar, sólo ella conocía los laberintos que conducen a la puerta que le permitiría salir de la opresión. Únicamente ella poseía la llave que servía de instrumento liberador para el hombre que tenía entrampado entre sus garras, entre sus piernas.

Ernesto regresaba taciturno a sus labores. Durante el almuerzo apenas agarraba un pedazo de pan con queso después del encuentro alocado con su desaforada mujer. De regreso traía la cabeza hecha una confusión. "Maldita mujer me lleva en un patín. Por más que me concentro sólo puedo pensar en la ternura de su piel. Estoy que me lleva al carrete. No sé ni por donde ando. Y cuidado que procuro sacármela de la mente, pero está como incrustada en el hueso de la cabeza. Me echó un maleficio. Sigue endemoniada". Ernesto confundía lo que sumaba y restaba. Las cuentas no salían rectas, abonaba donde debía retirar y regalaba donde sabía que quería estafar. El balance a su favor no se ajustaba como planeado. El ron pitorro no se confeccionaba a gusto del consumidor y en varias ocasiones se quejaron de que iba aguado y no emborrachaba como de costumbre. "Coño ya no sé ni hacer ron. Era lo único que me faltaba, ser un inútil, un cero a la izquierda". El mundo se viró al revés, que tenía la melocotoncito que lo dejaba como embobado y falta de memoria.

No pasaron muchos días ante de que la subyugación fuera total. Ernesto quedó sometido a los caprichos de su mujer. Eugenia había logrado su propósito, someterlo para luego hacer de él lo que le viniese en gana. Los consejos de su madre le resonaban como campanas estridentes al oído. Ahora lo tendría entre sus manos, sería su marioneta de juegos. Por eso cuando escuchó el ofrecimiento no quedó sorprendida. Al contrario, ya lo esperaba.

—Esta casa es tuya, pídeme lo que quieras, quiero hacerte feliz—así fue expresado el sentimiento de entrega.

Las palabras dichas con solemnidad eran exactamente lo que esperaba escuchar para poner en marcha el plan que llevaba en mente. Eugenia se aburría de la soledad abrumadora depositada en su casa y la muñeca traída del hogar materno perdió el encanto, la inocencia de cuando era niña. Poco le importaba vestirla y desvestirla para verle el pecho aplastado de juguete inerte. La muñeca de trapo no hablaba ni decía bonituras. Su vida se había transformado de niña a mujer y el cambio exigía ajustes que incluyeran matices de belleza. Necesitaba oír palabras suaves, sonoras, que la pusieran a soñar. Había escuchado de un aparato nuevo que la gente designaba como la radio. Decían que la caja mágica narraba historias de amor con subida pasión roja donde los amantes se escapaban dejándolo todo por el idilio de quererse. Era precisamente el rapto amoroso que le convenía escuchar y de inmediato le pidió al marido que le comprase la maquina habladora tan pronto diese un viaje a la ciudad.

—No mi vida es que me muero aburrida de muerte en la casa solita sin ti. Es que si no estás aquí para tú sabes qué, me sofoco, se me va el aire. No, no, no sé que hacer con el tiempo libre. Anda, vete y cómprame la radio.

La novedad de la caja sonora le interesaba para embelesarse en el erotismo de las novelas y perderse en la sensualidad de las canciones. La combinación de las palabras y la música estimulaban la piel para la siguiente noche de pasión. Ernesto notó que cuando trajo la radio su mujer quería sacar punta día y noche, dejándolo molido casi sin ganas de levantarse del letargo en que lo sumía. No sabía como librarse del torbellino de su mujer, le huía, escondiéndose en los cañaverales por las tardes con la excusa de que la demanda del ron venía en aumento. A Eugenia el río no le interesaba, ni los paseos por las tiendas, ni el helado de coco que había gustado de niña. Ahora sólo el placer intrínseco del tacto que ella misma había descubierto podía dar sosiego a la encendida sangre que se le desbordaba por dentro. La radio en su efusión fantástica servía de cómplice para encender los ánimos sanguíneos.

Como un ritual, comenzó todas las tardes a escuchar el melodrama lacrimoso que la transportaba a un mundo de ensueños, a un mundo en el cual sí podía subsistir . . . *Y ahora para ustedes, amabilísimos radio oyentes, la novela de las seis, Secretos del Corazón. Con la bella y afamada actriz María Pilar del Río y el apuesto galán Manuel del Toro. La novela llega a ustedes gracias a los jabones Nácar del Cielo, para una tez reluciente y siempre hermosa. Permita que el fino jabón de tocador de esencias aromáticas Nácar del Cielo embellezca su rostro, para que el galán de sus sueños llegue a su vida con la prontitud deseada. En el último episodio dejamos a los jóvenes amantes en pleno gozo de sí mismos. Javier Antonio con sus viriles y portentosas manos acariciaba la reluciente cabellera rubia de Luisa María mientras ésta en su débil suavidad femenina no optaba más que en desmayo quedar rendida ante los fortísimos brazos de su amado. Era tan débil su agazapada constancia que apenas podía contener el deseo de entregarse a sus fuerzas masculinas. Retomemos la historia . . .*

El perfume de rosas blancas embriagaba la recámara de la señorita Luisa María Celeste del Vivar. El decorado aposento a lo Luis XIV se bañaba con las fragancias de las flores recién cortadas. Reclinada sobre su diván aterciopelado se abanicaba con la lentitud de los cisnes en lagos cristalinos de tropical estío. No lograba acomodar cojines, almohadas y almohadones en el confidente, canapé estrecho donde hervían los sentimientos encontrados. El vaporoso vestido en hilo blanco lamé bordado le permitía un tanto sentir el frescor de los aires vespertinos mientras jugueteaba con su sarta de perlas filipinas que discretamente se depositaban sobre el pronunciado escote. La cabellera dorada de cuantiosos rizos se deslizaba sobre los maravillosos y marmóreos hombros permitiendo crear un efecto de cascada liberada por los sutiles abaniques de nuestra heroína. Luisa María Celeste del Vivar no lograba contener unos suspiros repetidos que la ahogaban. Su muy delicado corazón sin razón alguna palpitaba en ligeros tropiezos como anunciándole un presagio, un vil hado de los cielos.

De súbito . . . se percató el girar de la perilla diamantina y vislumbró la entrada de unas botas de cuero negro fino a medio muslo que ascendían hasta la protuberancia mayor de la entrepierna, allí donde la ingle en diagonal anuncia el apretado abdomen. El apuesto ecuestre amazónico, criollo de ascendencia castiza, venía con pantalón ceñido mostrando la fuerza hercúlea en sus piernas de acusados músculos, permitiéndose de esta manera advertir firmes oriundos glúteos de Titán. En sigilo Javier Antonio traveseó hasta la dama azorada que en loco ímpetu lo recibió entre sus fallidos brazos. El imperceptible tacto de Luisa María le hizo reparar que el escultórico tórax de su amado arribaba en agitación desmedida. Para apaciguar el desenfreno posa su delicada mano sobre el endurecido pecho del adorado. Él pudiendo no contener dicho gesto de primor y ternura, perfila los labios carmesíes de la requerida con los suyos hurtándole un beso a vuelo de pájaro. Prolongado en tiempo fue la dimensión de aquel acto que en franca unión perdían el aliento. Luisa María en desmayo trae a fin la hermética pujanza de su querido que le reclama un instante más de aquel hermoso idilio.

—*Javier Antonio, Javier Antonio, mi querido Javier, no podemos, no debemos continuar con este imposible, que dirían mis padres.*

—*Mi querida, siempre divina Luisa, sólo nuestro amor importa, este sentimiento puro que por ti siento y padezco es el faro que me guía a tus luceros.*

—*Adorado sabes con certeza que esta aflicción desmedida se nos tiene prohibida, que será de mi honra, mi virtud, la pureza que mis padres me requieren que debo guardar con tanto celo.*

—*Amada más que amada sólo tuyo soy y no hay más grande virtud que amar con las fuerzas del alma. Así te amo yo bien querida y ante ti me rindo para que hagas de este corazón pedazos.*

Fue tan profundo el sentir de aquellas palabras de sentimiento emocionado que Luisa María quedó rendida . . . Él posó sus encarnecidos labios sobre el perfumado cuello de Luisa María, deslizó los viriles dedos por la manga del vestido de la amada y en loco frenesí . . . sí queridísimo público mañana los esperamos a la misma hora, a la misma cita con Secretos del Corazón *y recuerde jabón de nácar, jabón del cielo.*

Eso sí que era amor. La dulce palabra, las dulces palabras. El intencionado misterio del encuentro. Los encajes. El perfume. El tacto que apenas se percibe. El aliento sobre la piel. La maravilla que ocurra lo inesperado. El ensueño de vida y pasión. No esta desgracia prosaica que le había tocado vivir donde cada minuto era predecible, donde la tarde le anunciaba lo que habría de traer la noche con su encrespado torbellino de reclamos. Tener que levantarse todas las mañanas para colar café, el maldito café de siempre, tender la cama y darle de comer a las estúpidas gallinas que no cesaban de cacarear. Arrastrarse por la casa para despejar telarañas, sacudir el polvo y preparar el almuerzo. Barre que te barre el piso, a baldear la madera cuarteada para que no se acumule el lodo. La tanda de ropa que te espera. Ropa de cama. Ropa del marido. Ropa de la tienda. La canasta de ropa mugrienta que nunca bajaba. Dale que dale a la pileta duro para desinfectar la tela manchada con hoja de plátano. La cotidianidad aplastante de siempre que te asesina el espíritu.

Luego llega Ernesto con el hambre de siempre. Hambre de estómago. Hambre de sexo. Hay que servir viandas con bacalao y aceite de oliva porque es lo único que le gusta al bribón encabritao. Cómo es posible que le guste sólo viandas con bacalao. Ni siquiera variedad en la cocina. Ella que sabe confeccionar exquisitos platos aprendidos de la tía Justina. Pero no, él sólo quiere bacalao. Mira como se atraganta el plato. Parece un animal. Agarra la cuchara con la mano completa y escarba el plato como si estuviera abriendo una zanja. Que bestia. No le enseñaron modales de mesa. Cómo es que me acuesto con este patán de escoria que ni siquiera sabe sostener un utensilio de mesa. Nada, sueña con la radio novela, con las manos de seda de Javier Antonio, con los bucles dorados de Luisa María. El escape te ayuda, te enajena de la pestilencia que tienes al frente. Ahora me tiro a la cama porque sé lo que quiere de postre. Se lo veo en la mirada. Qué puerco, ni siquiera disimula. Qué cerdo de hombre que ni siquiera conoce el arte del disimulo.

Él se apresura en tragarse las verduras sin masticarlas, casi ahogándose, porque desde la esquina del ojo la ve allí rendida, abierta y dispuesta para que tome lo que sabe que es suyo o al menos se imagina que es suyo. Él quisiera morderla completa. Comérsela a pedacitos. Explorarla lentamente hasta ser perito de cada rincón de su cuerpo. Lamerle el costado con una lentitud que el tiempo parezca infinito. Circunnavegar los senos para en suave asecho rendir los labios sobre los pezones. No quiere llegar a poseer brutalmente el sudoroso cuerpo que brilla en la temprana tarde de verano. Sólo sentirla, acariciarla y decirle que la quiere. Cuánto la quiere. Y ese sentimiento cómo sale de la boca. Cómo se pronuncia la ternura. Se cavila la pregunta una y otra vez. Cómo se dice te amo, te quiero, te adoro. Melocotoncito de mi vida. Dirígeme, guíame para conocer la cartografía de tu piel. La piel en la que me quiero ahogar una vida entera. No seas mala. Mira que soy una bestia, un animal, pero te quiero más que a mi vida melocotoncito de mi alma. Dime cómo llegar hasta ti, cómo descifrarme ante ti.

Los pezones de Eugenia se transparentan a través de la bata. Suaves, apetitosos como cerezas maduras del monte. Ernesto no se explica como de repente siente una urgencia de abalanzarse sobre ella, de llegar al más recóndito recoveco de su vientre. Ella conoce de la urgencia, de la rabia que el desubicado no puede contener o parece no contener. Él cae como un saco pesado de papas sobre su cuerpo frágil y con la premura tosca del momento siente la dura invasión en su quebradizo epicentro. Eugenia quiere soñar con palabras, con perfumes, sedas, un diván aterciopelado y un Javier Antonio amándola intensamente. Quiere imaginarse un idilio.

Dímelo, dímelo, dime que me quieres, dime una preciosidad como en la radio de la tarde. Que soy bella, que soy linda, que me adoras, que me quieres, suelta un cariño, una dulzura por el amor de Dios, dime algo. Rompe el yugo de la bestialidad que te define. Javier Antonio, Ernesto, Ernesto Antonio, Javier Ernesto, Ernesto, Javier Antonio, Ernesto, dime que me quieres, que me adoras. Anda, dime.

Ernesto no oye la voz transparentada porque se aprisiona en el pecho de Eugenia. No percibe el interior de sutilezas que no se dicen. Socava enloquecido el vientre de Eugenia como un mastín de rabia tragado por el suelo que lo define. Ahonda en la tierra del misterio segado por el deseo que lo mata. Grita, gime, en la garganta lleva el nudo que le resta el aire. Derrama la corriente entera que lleva adentro y de repente como si el control no lo tuviese a su alcance le sale un ahogado aullido de dolor, un dolor que lo libera de su propia cárcel. Queda tendido, postrado, pesado como una sábana vieja sobre Eugenia que parece desaparecer entre una inmensidad de piel y músculo, de un macho montaraz que se perdió en la nada. Él se levanta, se viste mecánicamente y la deja abandonada. Tirada como un trapo sucio sobre un caldero de sábanas mojadas.

semilla de guayaba madura,

ajonjolí de mi dulzura

De la noche a la mañana sin explicarse el por qué de la tajante decisión Eugenia se despertó sin el apetito de comerse a Ernesto. La sentencia incluía cualquier acercamiento carnal que el marido intentase proponer. Como en lo relativo a la cama era ella la que disponía el ritual, decidió de buenas a primeras que no, que ya no habría comedera de ninguna parte. Simplemente porque ella no quería. Su cuerpo no se lo pedía. El hombre no entendió el cambio drástico tomado esa mañana. Caviló rompiéndose la cabeza para hallar la explicación de la concluyente negativa que su mujer proponía, más bien disponía con el total cierre de emoción y afecto a su persona. Qué habría hecho él para que se volviera helada como el hielo. Todo se lo daba. Alma, cuerpo, sostén de vida. No pudiendo encontrar respuesta a la interrogante que lo atormentaba decidió no darle mayor importancia al asunto. En realidad venía harto cansado de que lo columpiaran día y noche. Pensándolo con detenimiento el repentino cambio le vendría de maravilla. Un descanso a su agotado cuerpo era precisamente lo que le hacía falta.

A la mañana siguiente, Eugenia media sonámbula fue corriendo al patio para vomitar la comida de la noche anterior. Sentía unos mareos inexplicables donde la casa giraba como un carrusel sin parar. La alternativa era regresar a la cama para ver si el mal se le pasaba. Durante el sueño se revolcó buscando el acomodo sin reconciliarse con el descanso. Parecía rendida al reposo cuando de repente sintió caer en un vacío. Luchó para salir de una horrible pesadilla que la consumía. Con las fuerzas agotadas apenas se daba ánimo para salir de la cama. Batalló con ahínco el vahído y se levantó anímica para ver si el vértigo se disipaba. Al pisar suelo sintió que el piso se derretía y efectivamente sufrió un nuevo desmayo. No conteniendo el dolor que llevaba en el vientre se levantó a duras penas y corrió hasta el patio para vaciar nuevamente las entrañas. De dónde procedía la dolencia que le quitaba el deseo de vivir. Ella se alimentaba con diligencia, siempre lozana llena de vida para cabalgar a su marido cuántas veces le viniera en ganas. Y ahora con estas debilidades que la arrastraban por el suelo.

Esa tarde cuando llegó Ernesto la encontró demacrada. Pálida como una muerta. Claro, sin ganas de bailotearlo en la cama. El semblante de su mujer le preocupó de sobremanera. Ella una joven colmada de vida, dispuesta a tirársele encima para exprimir la virilidad cuatro veces al día, ahora se hallaba tirada en la cama como un guiñapo. Un espantapájaros de mujer. El rosado había desaparecido por completo de las mejillas. El pelo lo llevaba aplastado del constante sudar. Ernesto sin preámbulos dictaminó con prejuicio lo feo que lucía su mujer de enferma. Qué era el espantajo que sus ojos tenían que soportar. Ante la diatriba injusta Eugenia lo miró con desprecio, con asco. Adivinaba lo que pensaba el injurioso hombre. "Ahora que estoy fea me miras como si saliera de la ultratumba hombre fantoche. Cuando estaba bonita me querías comer día y noche con la mirada y ahora me tienes asco. Te voy conociendo maldito, vas a ver cómo me las pagas. La enfermedad se me pasa, pero el recuerdo de tu mirada juzgadora la llevaré siempre presente".

Amaneció a la siguiente mañana Eugenia con un deseo insólito de comer mango verde con azúcar negra. Corrió al colmado de su marido desesperada buscando el mango más verde que pudiera encontrar. No sólo lo quería verde, sino duro como una piedra. Cuando divisó la canasta de frutas comenzó a tirar la selección de mangos por el suelo sin encontrar uno que le viniera en gusto. Amarillos, pintos, rosaditos, piña de oro, naranja de nácar y corazón de seda. Pero ni un solo mango verde comprimido como el cemento. Hastiada de tirar mango por el suelo se echó a llorar sin consuelo junto al cesto de frutas. Entre lágrima y suspiro, milagro de los santos de los cielos, distinguió un mango verde, verdísimo en el fondo del barril. Vació la canasta barril hasta dar con el deseado fruto. Lo besó, lo abrazó, lo acarició apasionadamente y tirada al suelo con las piernas abiertas se sentó a comer con azúcar ceniza el fruto bronco que gracias a Dios aún no había madurado.

Se atragantó la verde fruta endulzada con miel negra relamiéndose como si se comiera un manjar. La concentración total fue depositada sobre la fruta que se devoraba como si fuera la última comida de su vida. Eugenia parecía una salvaje con las greñas corriéndole sobre la frente mientras desgarraba la fruta a grandes bocados. La miel le bajaba por las comisuras hasta dar con la entrada del seno. Miró al marido fijamente con unos ojos endemoniados de loca y le gritó a pulmón,

—Eh, eh, eh, no tienes hielo bien picao por ahí. Mira si puedes servir para algo. Rápido búscame hielo con azúcar negra.

Lo primero que le vino a la mente a Ernesto fue que la mujer se le había vuelto loca, loca de remate. La excesiva acostadera de cama le tostó los sesos y ahora había que pagar por el pecado de quererse y desearse como bestias de corral. La perturbación le pasa al pecador cuando lleva sólo una obsesión metida en la cabeza. El pastor se lo venía sermoneando que la metedera y sacadera que llevaban ellos no habían sido hechos para gozar sino para procrear. Eugenia le volvió a exigir desde el suelo apresuramiento en el asunto de los mangos.

—Oye, quiero más mango, más mango, más mango, verde, bien verde, duro, durísimo, azúcar negra y con hielo bien picao, me oyes bien, no me oyes, eh, eh, eh, qué pasa.

Definitivamente la mujer se me volvió loca concluyó para sus adentros. Ernesto procuró no perder la calma. Para estas tragedias hay que tener temple, sosiego, la serenidad de los sabios. Encargó de sus peones mango verde para la desquiciada y la dejó tendida sobre el suelo masticando hielo. Una masa verde cremosa se derretía de la boca de Eugenia saliendo a borbotones extasiándose en un manjar que sólo ella procuraba deleitar.

Mansa como un cordero la apócrifa loca disfrutaba del mejunje de mango con hielo azucarado. El hombre medio taciturno se montó en la yegua brava y dirigió rumbo a la casa de la madre de Eugenia. Llevaba una pena que le invadía el alma. Un nudo terrible se le formaba en la garganta. Había dejado a su mujer atrás comiendo como un cerdito. Un cerdito asqueroso. La hermosa ninfa del río se le trastocó en marrano. Quererla con la fuerza que la amaba para que le saliera loca. Cuidado que la complació en lo que pudo. Y cuánto le aguantó. Le soportó lo indecible. Los caprichos. Los enojos. El desprecio. La radio. El estúpido melodrama de la radio que la ponía a soñar con pajaritos preñados. El desaire. La malacrianza. La cama sobrada que quería y exigía. Cama viene, cama va. Y ahora, la dejaba atrás loquita como un petardo.

María Cristina se encontraba guisando plátanos maduros cuando se presentó el corpacho de su yerno. Venía embebido en una nube de reproches. Quería explicaciones. Reclamaba explicaciones. Acaso era cuestión de vendetta. Era que toda la bonitura venía para disfrazar la locura innata de la niña. Acaso era una venganza por la violación cometida en los días del río. No se puso el abuso en el pasado con el casamiento. Él había cumplido su parte del contrato y en el acuerdo no estipulaba la demencia. La madre atónita no comprendía la verborrea del hombre que parecía haber sido estafado.

—No doña aquí hay gato encerrao. Déjese de cuentos y ándeme con la verdad. La niña viene de gente loca o qué es lo que pasa con el paquete que me vendió. Dónde tienen al loco escondío en la familia. Suelte, suelte que ya pierdo la paciencia.

Con una serenidad asombrosa la mujer pidió detalles, los pormenores de las quejas, para ver si había arreglo en el daño. Ernesto le soltó lo de los mareos, el cansancio, el letargo de Eugenia, los vómitos y como si fuera poco la locura de ponerse a comer mangos verdes con azúcar negra y a masticar hielo picao como una marrana cualquiera.

La madre soltó una carcajada. Empezó a reírse con un gusto que extrañó al tendero. No lograba contener la risa estrepitosa que se hundía en la boca del estómago. Una lluvia de lágrimas apareció en su rostro como una vaguada de emociones. Ernesto pensó que en definitiva llevaba la desafortunada Eugenia la locura en la sangre, bastaba con ver como la madre se reía de la desgracia de su propia hija. Al parecer la suegra no había comprendido palabra de lo que le había dicho. En definitiva que se había enredado con una sarta de locas. Al notar María Cristina la seriedad en el rostro del yerno, puso cara más calmada y tomando compostura le explicó en un tono mesurado al hombre que el supuesto mal no era nada para alarmarse, por el contrario era para celebrar, su mujer estaba preñada, bien preñadita, inflada con la semilla del brincoteo. De la constante tiratira día y noche, había ocurrido lo de esperarse, una criatura que venía en camino. Las descripciones de Ernesto eran puros síntomas de barriga sembrada de grana menuda.

—Ahora tienes prole, hombre, ya tienes prole. Va llenita de semillas como guayaba madura.

Ernesto vio el cielo abrirse. Ser padre, la noticia completaría la felicidad que anhelaba, dejar la estirpe sembrada, para que sobre la tierra sobraran los Rosario. Porque no habría duda de que sería un varón, que serían muchos varones, porque en definitiva para qué sirve una débil hembra en el mundo donde los hombres llevan el fuete, la pistola, la mano dura de la fuerza. Él no era macho para traer mujeres al mundo, a él no le cabía la menor duda, su sangre le anunciaba que venía de puro semental. Un macho como la ley de los hombres manda, con las joyas entre las piernas anunciándole al mundo su casta y su hombría. Que Eugenia comiera cuanto mango verde endulzado le vinieran en gana, que el hielo picao sobraría para ella, que se pusiera de mal humor diez mil veces, que le entrara la locura si fuera necesario, que le importaba a él si en la panza de su mujer venía la semilla de su linaje.

La bomba le cayó como un baldazo a Eugenia. Se rascó la cabeza sin comprender exactamente el peso de lo que su madre con fina paciencia le explicaba. No hallaba motivo ni razón de quedar embarazada si ella no había hecho otra cosa que gozar un rato con su marido. Como era posible que del juego delicioso surgiera una criatura en su barriguita. Había sido mamá de la muñeca y se preguntaba si sería lo mismo. Jugar con el bebé un buen rato, darle el biberón lleno de agua dulce, mecerlo, cantarle unas nanas gallegas de la tía Justina y tirarlo en la esquina hasta que le entrara en ganas de jugar con él nuevamente. De seguro que así sería el asunto. No podría haber mayor dificultad porque la muñeca ni se quejaba, ni lloraba y sólo meaba cuando le daba el biberón. Pensándolo bien le agradaba la idea de tener un bebé verdadero porque ya le hartaba la muñeca de trapo. Jugar a mamá con uno de verdad. La idea le divertía.

Cuando la madre de Eugenia escuchó aquellos desatinos perdió la paciencia y le impartió un tirón de pelo como si todavía fuera una niña hija de su casa. Efectivamente, tal vez su yerno tendría la razón. La niña estaba loca de remante. A quién se le ocurría decir tamaños disparates. No podía creer lo que sus oídos le dictaban. La haló hacia un lado e intentó explicarle lo que le esperaba.

—Escúchame bien, pon atención boba—comenzó la madre airada—, la panza se te va a poner grande y te va a pesar como un quintal, no podrás dormir y te la pasarás meando. Las tetas se te van a poner grandototas como ubres de vaca y al noveno mes la criatura va a salir por el mismo lugar donde gozaste como cabrita alocada. Y con el parto vas a sentir unos dolores de los mil demonios como si te fueras a morir. ¿Me oyes? Sentirás que te vas a morir. Conque prepárate porque el martirio no termina con la llegada del niño. Luego tienes que amamantar la criatura cada cuatro horas, cambiar los pañales sucios, ver que no se enferme y cuidarlo como si fuese un regalo caudaloso de Dios. Me oyes, un regalo precioso de Dios. Prepárate para dormir poco y sufrir mucho, es el deber de la madre abnegada. Lo que tienes en la barriga no es una muñeca, pero un ser de carne y hueso que va a depender de ti para su vida. Tendrás que criarlo derechito y hacer de él un hombre de bien. Digo, si es que te sale macho, si te sale hembra veremos como nos las arreglamos. Ya veremos. Ese sería el peor de los castigos, como si con dos jodidas no fuera suficiente.

A Eugenia no le gustó para nada el gris vaticinio de un futuro sacrificado y le preguntó inocentemente a su madre si podría deshacerse de la semillita que llevaba en el vientre que tantos males le causaría, porque ella apenas tenía trece años y que sabía ella de pañales, biberones, trasnochadas y el mejunje de complicaciones de ser madre. No le sonaba a juego de muñeca y ya no quería jugar con el bebé que llevaba dentro de la panza.

—No, ya no lo quiero. Que me lo saquen. Ya no quiero jugar con ese bebé. Parece que me va a traer una sarta de problemas, que lo saquen.

La madre sin pensarlo dos veces, calentó la mano y le dio tres bofetadas a la hija. Se las sonó raspadas para que entrara en juicio. Para que se dejara de decir tonterías de las cuales luego se arrepentiría. Luego nuevamente tomó la batuta y le recordó,

—Según te diste el gustazo, ahora tienes que pagar a plazos. En esta vida siempre se paga lo que se come. Es una ley sencilla de la vida, apréndetela. Hay gustos que merecen palos.

La niña no entendió el precepto de a plazos, pero se imaginó que de alguna manera significaba una condena larga que sólo el tiempo le haría comprender. A plazos, a plazos, pagar a plazos, ahora tienes que pagar a plazos. La condena retumbó en su cabeza como un eco de un túnel que se repite sin terminar.

Los nueve meses pasaron con una lentitud de siglos. La carga se acrecentaba y el ánimo lo iba perdiendo. Un sentimiento extraño se formaba en sus adentros, una mezcla de ternura y desarraigo voraz que la hundía en estados depresivos. Comenzaba a llorar sin comprender la razón de su congoja, para luego sentirse alejada en una niebla de la desmemoria. No quería contar los meses de la liberación final, pero los llevaba tácitamente guardados en la memoria. El instinto le anunciaba que con la llegada de los huracanes el advenimiento del dolor se posaría a los pies de su puerta. Quedaban pocos días, largos y pesados días. María Cristina no se apartaba de su hija como si pudiera adivinar el pensamiento que embargaba a la futura madre. Estuvo presente noche y día hasta que efectivamente llegaron los primeros vientos de la tormenta que presentía Eugenia en sus sueños.

El huracán azotó con su furia derribando los endebles techos de la comarca. Los vientos soplaban con tanta vehemencia que las paredes rosadas de la casa recién construida temblaban como hojas de yagrumo. A torrentes la lluvia castigaba el techo de zinc intentando perforar la piel que los separaba de la tormenta. María Cristina miró azorada a Ernesto reclamando en una súplica de silencio que algo se hiciera para salvar a la hija que estaba a punto de traer un niño al mundo. El yerno en un arranque de salvaguardar las tres vidas, alzó a su mujer en vilo y corrió hacia la tormentera, refugio que los protegería de la destrucción que se les venía encima. El vendaval retumbaba el triángulo soterrado que a duras penas guarecía a la joven familia de la tempestad que aullaba a sus oídos en una sentencia a muerte. Entre resoplidos y gritos que se ahogaban en la noche, Eugenia sintió los primeros dolores de parto que anunciaban la llegada del ser que la había enterrado en el inconsciente.

El día que nació Olga María su sexo no se reveló. Una mañana soleada Ernesto por casualidad la vio desnuda en su cuna jugando con sus pies. La niña se había enredado en las sábanas azules y el padre con una sonrisa de oreja a oreja fue a rescatarla cuando para su sorpresa vio con los ojos atónitos una rayita entre las piernas. La cara se le contorsionó no disimulando el desagrado, pero para entonces el encubierto le llegaba tarde porque se había encariñado de la criatura. La había tenido entre sus brazos y sabía que aquel montoncito de carne era suyo. La estrategia fue una artimaña que se le había ocurrido a la abuela. Sabía que el hombre esperaba varón y bajo ninguna circunstancia se le daría noticia prematura de los genitales de Olga María. La abuela supo disimular, tapar y llevar a la criatura siempre vestida hasta que el yerno se acostumbrara a la idea de que el sexo no llevaba la importancia que él le había puesto. Ernesto nunca inquirió porque venía asumiendo antes del parto que lo que le entregaban en sus brazos era un varón. Ernesto Rosario solo gestaba varones.

Cuando le entregaron al infante no supo que hacer con él. Asemejaba un cristal frágil que temía romper con sus toscas manos. Venía envuelto como un pastel y sólo su carita enrojecida se asomaba entre los pliegues de la sábana. De manera apresurada lo depositó al lado de su madre como si supiera por instinto que con ella estaría mejor. Acto seguido para sorpresa de la comadrona y María Cristina, besó tiernamente a su niña esposa por haberle dando la primera criatura. Eugenia no entendiendo para nada el gesto de cariño, le escupió la cara depositando la totalidad de su odio sobre el rostro del marido. Quién era él para besarla en ese instante. Había sufrido dos largos días de parto y la criatura no salía por más que ella pujara, sudara y gritara. Por fin cuando la cabecita apareció sintió que el alma se le iba, una muerte en vida que jamás olvidaría. Ella no estaba ni para besitos ni para zalamerías, él había sido el culpable de su enconada agonía.

La comadrona se acercó a la madre para mostrarle al recién nacido. Definitivamente llevaba la cara de su padre con la nariz explayada y el pelo encaracolado. El cuerpecito era ancho y largo, sin proporciones hermosas, nada como su muñeca. Lo encontró horrendo como una lagartija y le pidió a la mujer que se lo llevara, que no quería ver un adefesio tan desagradable. Cómo fue posible que un ser que estuvo cuajándose nueve meses saliera desproporcionado. La respuesta descansaba sobre la sencilla verdad de que su marido no era ninguna belleza. En definitiva que de él había heredado la fealdad. El pequeño animal parecía una pasa con los ojos achinados sin pestañas que lo asemejaba más a una iguana que a un ser humano. Qué se lo llevaran, no lo quería ver. El desatino ocurre cuando las criaturas nacen del desamor, salen feas como el roto de la noche oscura sin luna. Las compañeras de baño en el río se lo habían advertido de que no se casara si no quería al hombre, pero ella en estado de idiotez se dejó arrastrar por su madre y el odioso de marido que tenía a su lado. Se juró mil veces que no volvería a pasar. Mejor muerta que traer criaturas horripilantes y desgraciadas al mundo.

Eugenia se encerró en el cuarto y no quería saber de la vida. Era como si la pena se la hubiera tragado. Una tristeza enorme se le empozó en el estómago y de su buhardilla no quería salir. El cuartucho se había vuelto el refugio donde no tendría que enfrentar los terribles deberes que se asomaban a su joven vida. Una cueva oscura de la que no tendría por qué salir. No probó bocado porque el cuerpo no se lo pedía. Su deseo era desaparecer lentamente hasta perderse en el espacio. Que nadie se enterara de que había existido. Que la experiencia completa se borrara de su vida, la violación, Ernesto y la criatura que gemía en el cuarto contiguo. Que sólo quedara su río y la pureza de su recuerdo. Ella no había pedido tanto dolor y la fragilidad de su pecho se hallaba fragmentado de una carga que no llevaba solución. Quién le diseño el rompecabezas de su vida para que ella lo tuviera que resolver en su loca desesperación.

La madre de Eugenia en un acto de urgencia, insistió de su hija que se reintegrara al mundo de los vivos, que tomara responsabilidad del ser que no llevaba culpa de su existencia. En esta ocasión su acercamiento fue más tierno porque comprendía que el mundo de su niña había cambiado por completo y habría que tener paciencia con ella.

—Anda mi amor, mira que necesita de ti para vivir, ella no tiene culpa de lo que pasó, anda aunque sea mírala por compasión. No seas malita. Mira que es tuya. Mira cómo te busca. Tiene necesidad de ti. Sin ti no podría vivir.

La criatura había sido la causa de su desgracia y no encontraba razón para querer verla. María Cristina que no perdía ni el ánimo ni el empeño, por fin logró una mañana convencerla de que al menos posara su mirada sobre ella. Eugenia más por insistencia de su madre que por deseo propio le brindó a su hija la primera mirada de una madre. María Cristina sabiendo que había ganado terreno la convenció de que sostuviera a la niña entre sus brazos tan sólo unos segundos para ver que se sentía, por la simple curiosidad de conocer el ser que había salido de sus entrañas.

Eugenia accedió a la petición simplemente para complacer y obedecer a su madre. Cuando sintió el pequeño bulto entre sus brazos se le enterneció la vida entera. Qué era la emoción que sentía, no se lo podía explicar. La cosita pequeña, casi frágil como cristal le parecía tan indefensa, tan expuesta, tan sola en este mundo de maldad. Algo como si fuera ella misma, pero en miniatura. Instintivamente, sin pensarlo mucho se desabrochó la blusa y le ofreció el seno para que se alimentara de su ser, de su madre que la protegería de la odiosa rabia de este mundo. Cuando la niña comenzó a mamar a la joven madre a ésta se le enterneció el rostro, en ese momento se le borró la rabia que llevaba dentro y algo muy dulce se le formó en sus adentros. No le importaba de que fuera fea, ella misma con su amor la volvería bonita, más bonita que cualquier flor en el campo. A María Cristina se le dibujó una sonrisa en el rostro. Eugenia había regresado a la vida.

las orquídeas tienen espinas

Olga María floreció como una buganvilla en esplendor, llena de espinas tiernas que se endurecerían con el pasar del tiempo. La pequeña lagartija fue intercambiando la fealdad de su nacimiento con una belleza que excedía a la de su madre y su abuela. El rostro diminuto amanecía en un perfil chocante donde las encrespadas pestañas anunciaban los ojos de niña bruja que la caracterizarían en los años venideros. No poseía la cabellera enrojecida de la madre, pero entre los largos y vaporosos rizos cafés se colaban destellos de un rubio carmesí. Parecía llevar los labios pintados de un rosado suave que en juguetona sonrisa mostraban unos dientes perfectamente transparentados de un esmalte albo. Eugenia se había encargado de perfilarle la explayada nariz con ejercicios constantes desde el momento del alumbramiento donde la alineaba y corregía el único defecto visible que encontraba en su hija. Los resultados fueron espectaculares. La niña gracias a los alocamientos nasales de su madre lucía una nariz aguileña que contrastaba con los ojos color pozo oscuro, magia de su rostro entero. Eugenia se convenció que el cariño y la devoción depositado sobre la hija habían logrado embellecerla.

El temperamento sosegado de la niña contrastaba con el rostro exótico que le había legado la madre naturaleza. Era de hablar lento y pausado. Medía sus palabras como si en cada sílaba pretendiera descubrir un universo. Cada vocablo se anunciaba con preludios de ojos en trance donde el parpadeo de pestañas servía de fondo para la voz que muchas veces quedaba articulada y no pronunciada. Olga María observaba al mundo con empeñada atención y poco le interesaba tener que comentar el orden o el caos de las vivencias, para la explanación tenía a su madre y abuela que se desbordaban en imparables cuchicheos. Un halo de misterio envolvía a la niña, no por pretensión medida sino por un estado natural que para nada fingía. Olga María contestaba las preguntas interminables de su madre con una mirada atenta y certera, las necesidades de su haber quedaban indicados con señalamientos de una boca silente que apuntaba su respuesta. No tenía necesidad de hablar porque su cuerpo hablaba por ella.

La relación estrecha entre madre e hija eliminó la posibilidad de que el padre entrara a compartir el afecto que entre ellas se sentían. Ernesto optó por dedicarse a los asuntos de los negocios para asegurarse que Olga María quedara provista de una buena vida en la que recibiría una educación selectiva permitiéndole colocarse en una clase a la cual él secretamente aspiraba. De esta manera permitió que el abolengo de la abuela materna se colocara en la formación de la niña. María Cristina compartió con la nieta el francés aprendido de su tutora de Martinique y entre finuras y delicadezas la niña se fue criando como una criolla afrancesada. Abuela y nieta se comunicaban en lengua gálica dejando a los oyentes en plena ignorancia de lo que se hablaban.

—Grandmère pourquoi tu ne aimes pa a mon père?

—Je ne comprends ta question.

—Je voudrais une réponse directe.

—Il y a loin du poignard d'un assassin à la poitrine d'un honnéte homme.

—Nouvellement une devinette.

—Non ma petite-fille non. Sagesse. Sagesse.

La niña también fue aprendiendo los amaneramientos y peculiaridades de su tía Justina que ahora se integraba a la crianza de la que ella veía como una nieta. La tía orgullosa, puso a un lado los enojos que había sostenido con su sobrina María Cristina y decidió que era hora de tener voz cantante en la educación de Olga María. Después de todo la niña había nacido de un matrimonio legal y el hecho aminoraba la deshonra que había creado su madre. Así se dio a la tarea de visitar a la familia del campo una vez al mes para que la sobrina nieta no quedara en plena ignorancia de los buenos roces sociales. Fue de esta suerte como la pupila aprendió a tomar té a la inglesa, bordar encantos de finuras y suspirar frasecitas castellanas que sólo las cuatro mujeres entendían. Olga María sentía un cariño especial hacia su tía ya que la misma representaba un aire fresco que llegaba del pueblo donde sí obtenían noticias de la capital y el mundo.

Los cariños hacia el padre eran pocos y contados. Como si temiera un enojo en el hombre, se acercaba a él con suma cautela midiendo los pasos y escogiendo las palabras. Posiblemente al ser el único varón en su vida, no encontraba la forma de establecer el trato correcto con él. Procuraba ser obediente y mostrar interés en su persona.

—Bon jour mon père, bendición papá. ¿Cómo se encuentra usted?

Ernesto asentaba con la cabeza a la pregunta elaborada con cortesía de su hija. El distanciamiento se sentía a corte de cuchillo y Olga María no lograba sobrepasar las fronteras que entre ambos se habían creado. Él hojeaba sus libros como interesado en materias abstractas a su conocimiento y con simulada sonrisa otorgaba una aprobación que para nada quedaba grabada en la memoria de su hija.

—¿Qué le parece papá, aprueba?

Él, sonámbulo de su silencio, gesticulaba con los labios tensos queriendo o intentando proclamar sentencia, pero el dictamen quedaba en el anonimato o refugio de lo que se estaba por decir. Olga María aprendió a escuchar el silencio de su padre pudiendo descifrar el hermético corazón que su progenitor llevaba dentro. Un secreto cariño sentía por el que no lograba manifestarse en un abandono completo de afecto y sentidas emociones. Después de todo era su padre.

Eugenia usó la crianza de su hija única como arma perfecta para alejarse por completo de su marido. En definitiva estaba convencida de que no sentía el más mínimo afecto por el hombre. La llegada de su hija le vino a probar lo que realmente era el amor y él sin lugar a dudas no caía dentro de esa circunferencia emotiva. Inventó un extenso ritual de aseo y vestimenta para la niña, fingiendo estar continuamente ocupada. Los deberes domésticos y maternos la libraban de tener que estar con él y a la vez la hacía ver como la madre abnegada que realmente era.

—Mira que el rosado no va con el azul, tengo que ir al pueblo a comprar telas y cintas, se le acabaron los cuadernos, le pidieron un libro nuevo, cómo va creciendo la niña y Olga María sin vestidos nuevos, la semana próxima comienza con el catecismo y yo con mil faenas que hacer. Te digo Ernesto que la niña me toma la vida entera.

La letanía de responsabilidades la abrumaba de una manera tan agotadora, que ella misma se llegó a creer el mundo de deberes que se había inventado. Hacía listas de listas de lo que le faltaba por hacer, no pudiendo jamás completarlas porque el tiempo no le daba abasto.

—Ni me imaginaba que me habría de pasar el día entero haciendo recados. Mira cómo me voy ocupada con lo de Olga. Quién se figuraba que la educación de una niña le acaparara a uno la existencia completa. Válgame Dios, Ernesto que sacrificado es llevar la casa adelante.

Manifestaba su martirio de madre abnegada en voz alta para que el marido quedara enterado de su sacrificio. Cualquier negativa de su parte para complacerlo conyugalmente residía en el simple hecho de que primero venía su responsabilidad como madre. Él mismo en una ocasión le había dicho que la misión de todo cristiano juicioso era traer hijos rectos y limpios al mundo. Pues precisamente su cometido iba más que justificado. Ella era la rectora proclamada de su hogar.

Cuando se le fue agotando el argumento de madre sacrificada, recurrió al de ama de casa hacendosa donde el día no daba horas para que ella pudiera terminar las labores que conllevaba mantener un hogar. Se prolongaba en la preparación de los alimentos inventando comidas que ni la niña ni el marido parecían apreciar. No salía del mercado porque no acababa de llegar el ingrediente que le hacía falta para la confección de la cena. En una de sus visitas mensuales, la tía Justina había explicado en detalle que un manjar no se prepara de la nada, que la cocina es un laboratorio organizado donde cada utensilio debe y tiene que existir para que la comida quedara como asunto sacro del estómago. Había que levantarse temprano con el frescor de la mañana para limpiar y fregar ventanas. Con la cantidad de ropa sucia, la mañana no le daba abasto para salir del río lavando calzoncillos asquerosos y pantaletas perfumadas de niña adolescente. Luego venía el planchado interminable de frazadas y fundas que quedaban nítidamente almidonadas y realmidonadas con una precisión que daba pena dormir sobre ellas. Eugenia parecía una demente corriendo por la casa inventándose quehaceres domésticos, cualquier tarea de la casa que la desprendiera de un roce con el marido, de una mirada furtiva que intentara invitar a lo que ella precisamente no quería.

Las altas horas de la noche la recibía agotada sin más aliento que la energía de liberarse de la ropa para sucumbir sobre la cama. Al instante caía rendida de cansancio entregándose a un sueño pesado que la hundía en un mundo de tinieblas. La extenuación no tenía porque fingirla. Entre las sábanas perfumadas y almidonadas su cuerpo se desplomaba en estado amorfo sin vida. Las labores interminables sopesaban como castigo auto impuesto por fingir un deseo que nunca sintió. Quería desamarrarse de la mentira. Enfrentar al marido con la verdad develada, pura y sencilla. Explicarle que lo de ellos fue un invento, una pretensión de amor. Haber fingido una pasión de mujer que amaba y se dejaba querer pesaba ahora gravemente sobre su conciencia. Las palabras no lograban articularse en la boca y no hallaba la forma de confesar lo que siempre supo. En Ernesto había depositado la rabia del desamor, no el amor. El veneno que lentamente la mataba no le permitía dar con el antídoto para salvarse de la muerte en vida que entre los dos habían forjado.

Eugenia en franca desesperación optó por lo que creyó la más lógica y fácil de las soluciones, no dormir junto al hombre que le causaba repulsión. La nefasta idea de saber que a su lado descansaba el ser que tanto odiaba no le permitía vivir una existencia ni siquiera tolerable. Tomó la decisión inadvertida de alejarse del marido usando como excusa la delicada salud de la hija. Al primer resfrío que sufrió la niña se depositó en trincheras como ángel de guarda que protegería el delicado sueño de la enferma. Se inventó alcoholados medicinales de yerbas encontradas monte adentro por donde se iniciaba el manantial del río y preparó los tés de remedio santo de la tía Justina que sirvieron para aliviar el pecho congestionado de Olga María. La excusa de su alejamiento la tramó como válido sacrificio, en el se depositaba el cuidado absoluto que requería la hija que el mismo Ernesto adoraba. Poco a poco se fue colando al cuarto de la hija con el pretexto de que la niña no se acostumbraba sin ella y para qué servía una madre sino podía cuidar y proteger a su hija de cualquier mal que le pudiera acontecer.

—Ay Ernesto no duerme bien, te digo que no se reconcilia con el sueño, parece que algo le pasa cuando no estoy con ella.

La pretensión de enfermera entregada a su hija no fue más que una excusa para instalarse permanentemente en la recámara de la niña y no tener que sufrir la condena del hombre que la colmaba de ansiedad. La enfermedad de la niña sería la perfecta cuartada que la liberaría por el momento de la insoportable angustia de tener que acostarse con un hombre que siempre supo que despreciaba.

Eugenia por un lapso breve de su vida creyó haber encontrado la felicidad que se le había negado. Olga María y ella se habían vuelto amigas y disfrutaban a plenitud la compañía que las colmaba de alegría. Un lazo fecundo de emociones las unía, no era una relación de madre e hija, más bien una afinidad de almas gemelas, de almas inseparables. Dormían acurrucadas sintiendo el calor físico de una seguridad íntima que las protegía del mundo exterior. Al despertarse se miraban a los ojos de manera complaciente como si hubiesen compartido el mismo sueño. Pasaban largas horas jugando a las muñecas inventándoles mundos de ensoñación donde el tiempo no tenía principio ni fin. La madre le fue inculcando el amor hacia su río mostrándole el nacimiento de cada manantial en las laderas del monte. Juntas fueron descubriendo nuevas cascadas y bautizándolas a su antojo, Caída del ángel, Niebla de agua y la más querida de todas, Escarcha de primavera por ser tan fría que helaba los huesos.

Olga María aprendió a bucear como experta y se mantenía sumergida en el agua un tiempo alargado que preocupaba a la madre. Eugenia le había enseñado a distinguir entre los diferentes peces y la hija estaba convencida que en lo soterrado del río hallaría algunos que la madre aún no había clasificado. En un intento de bravura, logró sumergirse en una de las grutas de un pozo azulado hasta que entró en un río subterráneo donde efectivamente encontró una variedad espléndida que no existían palabras que pudieran describir el hallazgo. Emergió rápidamente con la sola idea de compartir el descubrimiento con la madre. A Eugenia le pareció invención de la hija y le mostró su incredulidad con una sonrisa pícara. La niña inmediatamente agarró a la madre de la mano y la sumergió al tuétano del río escondido. Al principio Eugenia rehusaba traspasar la pequeña gruta que separaba el río subterráneo del azulado sintiendo que le faltaba aire, pero la apretada mano de Olga María la colmaba de valentía y por fin logró traspasar la gruta hasta llegar al río escondido. Al instante no pudo ver lo que creía, un mundo maravilloso de peces transparentados de colores se dibujaban ante su atónita mirada.

Cansadas de bucear en el yacimiento de los peces encantados que resplandecían en multicolores, emergían del río escondido para tirarse sobre la arena para contar estrellas porque la noche se colaba entre las nubes. Olga María había aprendido del abuelo irlandés que nunca conoció, a distinguir los signos astrológicos dibujados en el cielo. Con el dedo meñique le indicaba a su madre la formación de leo con su alocada melena como un rey con una corona de estrellas y acuario con el desborde de su cántaro de alegrías para el mundo.

—Mamá allá se va formando sagitario con su arco dirigido a la esperanza, es el signo de la buena suerte, anda mamá pide un deseo pero no me lo digas que es de mal agüero compartirlo.

Eugenia cerró los ojos fuertemente intentando sumirse en un trance de alma esperanzada que se ve proyectado fuera de su ser y le rogó a los dioses de los cielos con el más grande de los deseos que no cesara este momento de felicidad que vivía con su hija, que se eternizara para siempre la dicha que vivían. Que la experiencia del río se volviera tan perenne como los astros que brillaban en el firmamento.

Eugenia sintió que el cielo se anunciaba con un poder extraño donde la traspiel del universo le susurraba un secreto que la circunstancia de la buenaventura la llevaba muy adentro en la fibra escondida de su corazón. Besó la mano de su hija y se puso de pie como si del suelo se irguiera un nuevo y bautizado ser. De camino a la casa iba maquinando en los laberintos de la mente como daría comienzo a la travesía de la fortuna, comprendiendo que los tropiezos serían constantes pero no permanentes. A la mañana siguiente comenzó por eliminar los deberes innecesarios del hogar que le habían restado tiempo de estar con su hija. Limpió y fregó lo básico para que el hogar luciera decente y dejó comida preparada para que el marido no se muriera de hambre. Mientras sacudía el polvo de los muebles recordó que la ciudad costera que tan cerca le quedaba apenas la conocía, cómo era posible el descuido, una ciudad grande y hermosa junto al mar y ella sin conocerla. En aquel pueblo inmenso apretado de calles y abarrotado de tiendas, ella y su hija comenzarían el descubrimiento de un entorno abierto que le anunciara otros confines, otros mundos.

cuidad de flamboyanes,

calles de almendros

Eugenia sin haber conocido a su padre, el irlandés de los siete mares, heredó el gusto de contar historias detalladas donde las fechas un poco transformadas no dejaban de perfilar el sentir de la verdad. Como anticipo a la visita de la gran ciudad costera, puesta en el olvido por ella, decidió relatarle a su hija la historia de San Luis del Príncipe de la Rivera de Jumacao. María Cristina en sus años de moza había sido bastante andariega y de sus travesías le había relatado a su hija Eugenia los pormenores de sus aventuras. La joven quijotesca había quedado prendida por los hechos históricos de la ciudad no tanto por la historia en sí, sino por el misterio que guardaba su pasado. Siempre encontró una ocasión para compartir con Eugenia una leyenda de la ciudad que se bañaba por la bruma de un mar que no se distanciaba de los cañaverales. Por lo que la madre le había contado y por lo que en los pueblos limítrofes se rememoraba, Eugenia logró reconstruir la historia de la ciudad gris para que su hija fuera animándose con el viaje y de una vez recibiera como herencia la historia que su madre le había contado.

Al principio la ciudad no recibió un nombre kilométrico como el que después le dieron, San Luis del Príncipe de la Rivera de Jumacao. Por el contrario, recibió un homónimo corto y apropiado que encantaba porque describía perfectamente el lugar, Buena Vista, así de breve como sonoro. Un valle extenso y precioso entonado con todos los posibles verdes, un valle que se contemplaba en el mar. El interminable llano lo bañaban cuatro ríos serenos cuya pureza de aguas invitó a sus primeros residentes a sentar apacible poblado para vivir de la pesca y la yuca. El cacique Jumacao encontró ambiente plácido cerca de una ribera, estableciendo con su prole y familia extensa un yucayeque que en cabal aspecto respiraba aire homogéneo de felicidad. Entre la vasta pesca de río y mar, unido a la abundancia del cultivo de tubérculos, los primeros habitantes no hallaron razón para dejar lo que ante sus ojos era paraíso sobre la tierra. Adoraban a sus dioses con tranquilidad sin temer mayores agravios que uno que otro resoplido del dios Juracán, que en ocasiones contadas les limpiaba el valle de asperezas para dejarlo reluciente y limpio para futuras cosechas.

La dicha se les nubló cuando fueron visitados por unos parientes lejanos de unas islas menores donde todavía gustaban de carne humana y robar la mujer ajena. Los encuentros fueron muchos y fatídicos. La población se fue mermando y los guerreros valientes comenzaron a escasearle a Jumacao, cacique supremo que venía hastiándose de guerras impróvidas e hijas desaparecidas. La situación se fue empeorando cuando los yucayeques vecinos en franca rebeldía comenzaron con los asedios bélicos que se daban a las orillas del río. Parecía que medio mundo de repente había descubierto la tierra paradisíaca de Jumacao y estaban más que dispuestos de extirparlo a él y su prole de su reino. Para incrementar la desgracia, los pocos guerreros que ahora quedaban, tuvieron que enfrentar a un nuevo enemigo que venía de tierras lejanas donde el dios Yukiyú no era conocido ni aceptado. Los hombres eran blancos como la espuma del mar y venían armados de hierro, balas y bocas largas que escupían fuego. Montaban sobre unas bestias extrañas que arrasaban los cultivos en una estampida enloquecida. Los seres se hacían llamar cristianos, hijos de un solo dios padre y de una madre que llamaban patria.

Una pluralidad de caras blancas se aparecieron por el valle hablando lenguas distintas a la traída por los cristianos. Pretendían llegar con buenas intenciones, pero pronto salió a relucir que venían en busca de una piedrita dorada que se escondía en los ríos. Los sabios sacerdotes lograron comprender de inmediato que los nuevos guerreros invadían sin representación oficial. Los usurpadores caían en una nomenclatura de piratas y corsarios que profetizaban la única fe del hurto y el pillaje. Los nuevos rostros nacían en unas tierras lejanas y desconocidas que nombraban Galia, Bretaña y Holanda. La tierra comenzó a bañarse en sangre porque diversas facciones querían posesión de la tierra virgen que se contemplaba en el mar y dormía a la ladera de las montañas. Jumacao comprendió que el hado estaba escrito en las estrellas y que habría que enterrarse en las montañas distantes donde desaparecerían para siempre. El enemigo múltiple era mayor y no podrían con su fuerza devastadora. Consultó con los cemíes y efectivamente estos le diseñaron el mapa astral donde podrían vivir el resto de sus días sin ser agobiados por las caras blancas y los cristianos que llevaban cruces que usaban como espadas. Jumacao y los suyos se adentraron al corazón de las impenetrables montañas y jamás se volvió a saber de ellos. Quedaron como santitos tragados por el olvido y recordados por el mito.

Las pepitas doradas pronto desaparecieron de los ríos y el valle perdió interés para las caras foráneas que con ahínco habían lavado las aguas para dar con las perlitas relucientes a sol. Como por magia divina el valle se sumió en una niebla de olvido donde rostro humano no se volvió a ver en los venideros doscientos años. Había llegado noticia a los cristianos de la capital que por las distantes tierras no se hallaba oro, pero sí manadas de mosquitos que arrastraban a los desdichados a la muerte. Nadie tenía porque arriesgar su vida para vivir en una maleza asesina donde sólo quedaba una tierra que exigiría harto cuidado para que diera frutos. La humanidad dejó quieto al valle donde no había fortificaciones que lo protegiera de posibles ataques de extranjeros, un valle ensortijado por los mangles impenetrables con un mar bravo que se comía al más diestro marinero. El valle vio una paz serena por dos siglos donde sólo la flora y la fauna eran regentes del entorno.

Cuando los primeros colonos llegaron al valle atisbaron atónitos la extraordinaria belleza. Huían de sus islas africanas donde sólo les quedaban las rocas cayendo en desfiladeros y unas pequeñas porciones de tierras apenas cultivables. En sus islas de rocas y cuevas habían llegado también huyendo de la gran península que los vio nacer, pero que la tierra árida les había colmado el hambre. Fueron veinte familias unidas e inseparables que decidieron tomar la aventura de tirarse por los valles fértiles escondidos entre mangles y un mar embravecido. Entraron por los valles centrales circundando los tropiezos mayores que pudieran evitar la llegada a su apreciado destino. Pasar por la selva enjambrada violentada por mosquitos valió la pena cuando sus azorados ojos vieron el paraíso que les esperaba. Un edén entregado para ellos les recibía con un valle bañado en ríos que se contemplaba en el mar. La tierra prometida se develaba ante sus pupilas asombradas.

La belleza del lugar les causó un divino tormento a los ojos. La beldad del entorno les iluminó el entendimiento y bautizaron a la tierra incógnita con un nombre sencillo como Buena Vista. Con modestia isleña intentaron no titular su paraíso recién descubierto con un nombre altisonante. Temían atraer un exceso de colonos hambrones que explotarían la tierra virgen que se anunciaba como la más fértil del mundo. Los nuevos colonos no arribaban con la codicia de barrer los ríos para encontrar las afamadas pepitas de oro, solamente pretendían cultivar la tierra para extender una prole que se menguaba desde las islas africanas. Su haber completamente distinto a sus antecesores, era suave y delicado. Muy pronto comenzaron a olvidar las remotas islas que habían abandonado, sólo recordando de ellas un mar rocoso que los separaba inmensamente de la metrópoli que al norte del continente se hallaba. Acostumbrados a estar alejados de la civilización, su nuevo hogar de selva, valle y mar, distanciado de todo, no venía a hacer para ellos una experiencia que no conocieran. De hecho, lo preferían de esta manera, solos con su tierra casta esperando a ser fecundada por las callosas manos que conocían el trabajo laborioso de la siembra.

El primer año la colonia vio la furia de Juracán que con grandes resoplidos anunció su disgusto de la nueva humanidad que se aposentaba por sus riberas. Gracias a los nativos del valle central se enteraron que los primeros habitantes de estas tierras habían nominado como calamidad de los vientos a Juracán, el dios que con vendavales y tormentas expresaba su furia y desazón. Ellos que venían conociendo dicha furia desde sus pobres islas, simplemente lo conocían como torbellino o borrasca del mar. En todo caso, Juracán o el torbellino del mar, no les dio tregua por cuarenta y tres años. Desde la llegada de los isleños que se databa por el 1730, hasta entrado en el 72, sufrieron nueve azotes despiadados de Juracán, destruyendo los sembrados que con empeño habían laboreado. Apenas construidas las endebles chozas de paja y arcilla, regresaba el endemoniado a destruirles en un instante de la nada lo que con sacrificios les había costado edificar. El dichoso huracán, que así lo terminaron por llamar, les venía colmando la paciencia y la voluntad de vida.

El día que llegó fray Iñigo Abbad y Lasierra para otorgar sus doctas aprobaciones de pueblo en formación, y por ende el honor de llamarse villa, encontró para su sorpresa una desolada aldea que parecía haber sido abandonada por el tiempo. No podía determinar el fraile si los corsarios, piratas o caribes habían devastado el pequeño pueblo que pretendía hacerse llamar villa. Los aldeanos comenzaron a salir de sus chozas arruinadas mostrando unas caras tan desfallecidas que el fraile comenzó a repartir bendiciones para que la población decaída no se le fuera a morir. Muy pronto le explicaron al santo padre que la constante devastación había sido causada por la maldad de los huracanes que no les daba tregua ni un momento de sosiego. Expresaron con gran ahínco que ellos eran merecedores de ser nombrados excelente villorrio sólo por el mero hecho de haber sobrevivido el sinnúmero de calamidades que Juracán impuso sobre sus devastadas vidas.

No les costó convencer al sabio fraile de la ahogada penuria, llevaban la pena marcada en los rostros. De inmediato les concedió nombre y capilla bautizándolos San Luis del Príncipe de la Rivera de Jumacao. La capilla que simulaba ser parroquia también llevó su nombre. De esta manera no habría duda de que en el apartado pueblo aún quedaba un ápice de civilización cristiana. Dulce Nombre de Jesús se llamaría la endeble construcción cristiana, aunque nada de dulce había sido la estadía de los valientes colonos que sólo querían un triste reconocimiento para que las penas no fueran fallidas y la extenuada población se animara en quedarse. Sin lugar a dudas iban iniciados con gran título y nombre, pero que en verdad para nada les servía. Ningún párroco de la capital osaba visitar los lares, abandonando los poblanos descarriados en espíritu y alma. Por fortuna al cuarto año de su hidalgo nombramiento, un valiente padre que poseía reputación de aventurero y hombre corajudo, decidió que evangelizar en el confín del mundo sería su sacra misión.

Cuando entró el nuevo siglo, todo el ganado vacuno y porcino abandonado por los primeros intrépidos pobladores, se multiplicó como un milagro bajado del cielo. Las bestias se pasaban fornicando día y noche en el paraíso bajado a la tierra sin que nadie les impidiera la proliferación con caza o muerte inesperada. La tierna y sobrada hierba del campo les engordaba el lomo manifestándose en la reproducción de crías hermosas. El valle comenzó a reputarse de tener caballos veloces y fuertes, vacas de leche nutriente y la carne de cerdo que complacía al exigente. Las pequeñas aldeas se iban formando atrayendo a ganaderos y para el año de 1831 contaba San Luis del Príncipe de la Rivera de Jumacao con doce barrios que respondían a la pequeña metrópoli que indicaba claras muestras de un impulso de pueblo mayor. Un milagro de la madre naturaleza por fin les concedió la dicha de saberse y conocerse como un pueblo importante de la costa este del país. Juracán les había concedido tregua.

Para los mismos años debutó con magna gala la reina azúcar. Poco a poco se fueron cubriendo los suelos hasta quedar el valle colmado con los miles abanicos de la guajana. Los ingenios salieron disparados de la tierra y pronto los cielos se tornaron lamentablemente oscuros bautizando a Jumacao con su nuevo gentilicio, la ciudad gris, eternamente gris de tantas centrales azucareras que vestían el horizonte produciendo humo como dragones exóticos de la China. Y el humo no sólo salía de las chimeneas preñadas en gases nebulosos, sino también de las bocas complacidas que por esos años probaban la primera cosecha del tabaco. La hermosa y fragante hoja dejaba a los inversionistas satisfechos porque sin duda se anunciaba como la regenta que vendría a reemplazar a su majestad la caña de azúcar. En el nuevo imperio de la agricultura también entraron los frutos menores, que no por ser condes y condesas de la tierra, abonaban una considerable ganancia a la nueva estima monetaria. Así entre gases, humo y fragancia de mar, Jumacao también logró perfumarse con los azahares del limón y el naranjo. Toda la corte agropecuaria estaba en sesión mayor para brindarle a San Luis del Príncipe de la Rivera de Jumacao la grandeza que por dos siglos en anonimato se le había negado.

La tierra y los mares se transformaron. El paraíso olvidado de los taínos escondido entre los mangles y protegido por las montañas altísimas era ahora parada necesaria para cualquier alma muerta de hambre que quería almacenar fortuna rápida. El océano tempestuoso que algunos cobardes temían porque se comía a los corsarios vivos, había sido domesticado. Pronto los ingenieros de canales y puertos encontraron una pequeña apertura tranquila que se alejaba del desasosiego del mar rabioso. De esta manera construyeron el puerto enorme de donde habría de salir la magnánima cosecha que la tierra fértil producía. Con la eficacia económica tuvo que entrar como era lógico el sentido práctico de la lengua. No había tiempo ni espacio para decir jerigonzas impronunciables. La elegantísima nomenclatura San Luis del Príncipe de la Rivera de Jumacao tuvo que ser reducida a un simple Jumacao y aún así los recién llegados les costaba el fuerte resoplido de aire para pronunciar la jota dura que les dificultaba la economía del hablar. No pudiendo el cuello y la cabeza con la gravedad de los ejercicios musculares en pena, la pura vagancia humana triunfó sobre la lengua quedando de modo permanente un castizo Humacao. Algunos, los más viejos y los del campo, rehusaron adoptar la nueva singularidad del vocablo.

Los habitantes prósperos del pueblo cayeron en cuenta que su parroquia encumbrada no descendía a un parque noble que la recibiese como visualmente era debido. La elaborada estética de la iglesia se anulaba al ojo y a la grandeza, y la desentonación no era permisible tomando en cuenta los adelantos que en la ciudad reinaban. Los sapientes ingenieros, que ya por todas partes se colaban con colosales proyectos urbanos, decidieron remediar la situación con la prontitud y eficacia necesaria. Ampliaron el cuadro frente al magno recinto en tres veces su tamaño, sembraron los que con el tiempo habrían de ser los vetustos robles, crearon veredas encantadas con jardines desbordados en rosales y para que en la magnitud de la isla se comentara la belleza de la plaza, se mandaron a construir seis enormes fuentes que caían en cuatro cascadas. Ahora desde el campanario del Dulce Nombre de Jesús se podía visualizar el esplendor de la plaza cuya amplitud y elegancia francesa prometía ser la más hermosa del Caribe. Allí se darían los encuentros furtivos de los novios, las primeras miradas de los enamorados, los chismes y los escándalos que habrían de entretener a cualquier pueblo que pretendía llamarse civilizado.

Los paseos de los novios y la delicia de los paseantes sufrió un alto en el año del 98. En una fecha que para algunos resultó un trastorno, la vetusta plaza se transformó en una platea militar donde se exhibieron los actos ceremoniosos de intercambio de gobiernos. Los soldados extranjeros llegaron con sus pesados uniformes grises de invierno a efectuar la ceremonia apresuradamente. Con severa solemnidad se hicieron filas los respectivos gobiernos en cuestión para otorgar poder nuevo sobre la bella plaza que se había construido bajo una hispanidad de las islas africanas. Los discursos de lamento y victoria vinieron de un lado y del otro, "qué si aquí se despide la madre patria y qué por acá entra con respeto una nueva soberanía". Los esperanzados con vivas recibían a los extranjeros porque se imaginaban que algún fruto político y tal vez económico saldría del canje. Otros con rabia en las gargantas morían de pena y vergüenza por el falso trueque en que nada ganaban y mucho perdían. Se sentían como una concubina fina que sería nuevamente mantenida por un nuevo dueño que la apetecía.

Al parecer la algarabía de la permuta no afectó en gran medida el ánimo de la población del valle encantado. Una pequeña prosperidad le vino a dar su nuevo mote, La Perla del Oriente. Perla que se sintió sobreprotegida cuando los nuevos soldados construyeron de forma inmediata y permanente una base militar no muy lejos de sus tierras fértiles, acto de que la perla no se les deslizara de los ojos y se perdiera en el mar de los desagravios. Con la prontitud de los años venideros, San Luis del Príncipe de la Rivera de Humacao vio edificar la soberana alcaldía, dando testimonio de que la ciudad se apadrinaba por una democracia de estirpe anglicanizada. Por el palacete gubernamental se pasearían los diferentes alcaldes, nativos y extranjeros, saludando a su pueblo desde el balcón entronado, gritando promesas mientras figuraban la forma correcta de una corrupción con velo justiciero que anunciara parabienes para todos, siempre y cuando el bacalao se cortara con más amplitud para la figura del balcón que para los conciudadanos que lo escuchaban.

La vida continuó como de costumbre. Las fiestas patronales a la queridísima Inmaculada Concepción de María se mantuvieron y la siempre madre reina sirvió de soberana perpetua para los nativos y los recién allegados. Se le desfilaba por las amplias calles en la primera semana de diciembre, recordándoles que la vida de pueblo en nada había cambiado. "Aquí tienen a su siempre santa reina, virgen eterna de los misterios del mar de San Luis del Príncipe de la Rivera". Y como si fuera poco, la virgen también tenía corte. Los nativos de La Perla del Oriente eran tan amantes de la música y el festejo que a la ciudad se le nombró una segunda patrona que los bautizaba en la sensibilidad del jolgorio. Con Santa Cecilia Virgen, patrona protectora de la música, el pueblo celebraba sus anticipadas fiestas con el debido apogeo a la semana que precedía a las fiestas de la Inmaculada. De esta manera seguía el pueblo en constante alegría y festejo. Pocos fueron los que se dieron por comentar, cuestionar o recordar el pasado precario de una población que fue rescatada del mangle y la ignominia del tiempo olvidado.

Para completar la encumbrada dicha, como si las fiestas a las reinas soberanas no fueran suficientes, el pueblo recibió con euforia desenfrenada la construcción de un nuevo teatro, inmenso como los de la capital, donde podrían disfrutar los hermosos espectáculos del extranjero y del patio. Ver cine mudo y hablado, sentirse parte de un orden cósmico donde no quedaban olvidados ni por la indiferencia o la ignorancia, ahora sí podrían llamarse civilizados, ahora eran parte de una complejidad universal que se definía en un porvenir más allá de sus propias expectativas. El año de 1945 los recibía con cincuenta mil habitantes que buscaban la dicha de un paraíso prometido que se cristalizaba en esta ciudad nueva que a buenas luces ofrecía lo que una vez la metrópoli antigua le había negado. Eugenia y Olga María estaban prontas para iniciarse a la nueva vida donde a vivas voces se le anunciaba un escape, una liberación a la monotonía detallada del campo. Ambas se prendieron en sueño y alma a la nueva idea del espacio urbano que les esperaba. Allí se perfilaría su futuro.

las buganvillas irreverentes

de la plaza

Olga María quedó encantada con el relato de San Luis del Príncipe de la Rivera de Jumacao. Un misterio imperceptible le anunciaba que por las calles adoquinadas de piedras antiguas, azuladas por el tiempo y el desgaste, la llevarían a descifrar un código de pasiones que la vida en su corto metraje de impresiones le sería dado a comprender. Pasiones de orden y trivialidades de suerte, enmohecidas por la pura circunstancia que el atropello de la existencia las acarrea de una profundidad desorbitante como un ave de paraíso en su mayor esplendor de verano. No por pura suerte había llegado la historia del pueblo viejo a su vida que apenas se anunciaba en unos pezones tiernos de capullos en flor. San Luis del Príncipe de la Rivera de Jumacao. El nombre sonaba a pasquín de la colonia olvidada y apenas enterrada, donde los nombres se resucitaban con sólo pronunciarlos de cara al viento, retando a la marea del olvido que nos devuelve con torbellinos feroces las agazapadas memorias del ciclo repetitivo de la vida.

Habría que convencer al padre de las visitas necesarias e imprescindibles al pueblo costeño donde una conmoción humana se desataba. Una conmoción económica y avanzada que no podía y no debía dejarlos atrás. El tren que con resoplidos de furia metálica abría los horizontes del valle con víveres e inventos nuevos que sus habitantes no necesitaban, pero que la insistencia de la palabra y el deseo de poseer lo que no se tiene, los llevarían a ser artículos de primera necesidad. Cómo no poder vivir sin una nevera que mantiene los víveres helados y frescos, asunto que la cerveza apetezca más al cliente y lo envicie al gusto extraño pero sabroso. Y la batidora que deja el hielo picado como blanquísima nieve de foto de calendario del norte. Sorbetes nuevos para surtir al poblado inocente que desea los sabores exóticos que les vienen anunciados con timbres de la magia cremosa. Los viajes se justificarían solitos porque sonaban con el timbre del dinero entrando a una caja registradora que se engordaba con el solo pensamiento de codicia que respiraba el padre noche y día.

Sobraban las excusas para visitar al pueblo que se perfumaba en sal, humo y progreso. La más vindicada de las razones para frecuentar la ciudad eternamente gris era traer la dichosa electricidad al campo que todavía vivía en las tinieblas de la noche. Para qué servía tanta invención desmedida en idea y proporción, si no existía corriente eléctrica que le diera vida y función de ser. Eugenia que portaba la alcurnia por parte de su madre, sería la persona indicada para establecer relaciones con el alcalde. Ernesto sabía que para una utilidad le había servido casarse con una blanquita de pueblo que llevaba resoplidos de clase alta en temperamento y disposición. Ella establecería los lazos indicados con el alcalde encopetado para que a Río Blanco le llegaran las luces de la iluminación y la verdad. Él sería el primero en encender la bombilla incandescente que sacaría al campo de las tinieblas. De esta manera, el colmado cerraría a altas horas de la noche para que el campesinado supiera endeudarse dulcemente al son de la nueva vitrola que colocaría a cinco centavos el disco. Una cerveza fría y una canción de amor, qué mejor suerte le podría tocar al hombre.

El plan estaba decidido. Las dos mujeres se encomendaron como embajadoras a la ciudad que les abriría las puertas del progreso. Ernesto se lanzó a la tarea de animarlas sin objeciones ni inquisiciones malintencionadas. La inmediatez de la autorización del hombre les llegó como sorpresa. Costaba comprender que lo animó a depositar sobre ellas la responsabilidad de encargarse de unos asuntos que fueron percibidos por ellas como cuestiones propias de hombres y machos puestos en su sitio. La duda y el temor atormentaban a Eugenia presintiendo que una trama oculta se tejía para atraparlas en una debilidad, un tropiezo fácil, característico de mujeres frágiles que no poseen las fuerzas para enfrentarse a la vida. El terror de sucumbir al fracaso total agobiaba a Eugenia como una resaca sin fondo. Pero no obstante, lo ostentado de su ser, muy agazapado pero presente, se envalentonaba con el reto de la posibilidad de salir triunfante, la posibilidad de liberarse de unas ataduras que se prefiguraban imposibles de cercenar.

Olga María no evocaba los miedos de su madre. De sobra conocía las ineptitudes de su padre que lo descalificaban para la delicadeza de la misión que les esperaba. Su presencia terriblemente ordinaria iba acompañada de una huraña desmedida que lo hacían despreciable a muchos desde el primer momento que lo trataban. Entonaba las palabras con una aspereza que sonaban a cañonazos enmohecidos por el tiempo. El gesto facial de perpetuo descontento encubría un pozo de desagravios que mutilaban cualquier esperanza de buena voluntad. El hombre no tenía dificultad en hacerse odiar. La hija en su velada y obstinada observación había logrado descifrar el sentir de inferioridad que lo comía por dentro. Ella sabía leer los adentrados enigmas del alma y su padre no era una excepción al caso. Olga María logró convencer a su madre de que perdiera todo temor. El hombre las mandaba a ellas porque él sabía que no poseía las costumbres ni las maneras de acercarse a la gente civilizada que abrirían puertas para su buena fortuna.

Con el asegurado permiso en orden, las mujeres se dispusieron en muy buen grado a lo que sería la primera de sus aventuras a la ciudad costera que las llamaba como una sirena encantada. El primer viaje se fijó en la memoria como interminable. El carro se deslizaba lentamente por las curvas cerradas mostrando un verde tupido de malezas que en momentos esporádicos se abrían en charcos medio estancados donde los platanales morían con su peso de fruto maduro. También de forma repentina la carretera se franqueaba dejando al descubierto los cañaverales repletos con las primeras guajanas de la estación en flor. El cielo se les revelaba en un intenso azul que dolía a la mirada y achicaba la frente con el fruncimiento de lo inesperado. A la distancia de un poniente áspero los ingenios arrojaban los perpetuos humos grises que anunciaban la ciudad que se agrandaba con el aceleramiento del carro. San Luis del Príncipe de la Rivera de Jumacao esparcía sus brazos a las campesinas que soñaban con su historia.

El coche hizo su entrada por la avenida principal donde los frondosos flamboyanes vertían una sombra azulada sobre las aceras. Era la estación del florecimiento y la flor naranja explosiva de los flamboyanes estallaba desparramada sobre los parabrisas de los carros que alineados verticalmente mostraban un tipo de orden no acostumbrada a la mirada del campo. Los transeúntes del modo más parsimonioso se deslizaban entre los vehículos para cruzar la calle en búsqueda de una tienda que diera con el gusto propio de lo que exploraban. Entre las amplias vitrinas se exhibía un número ilimitado de mercancía que cautivaba el ojo del tacaño o el dadivoso. La presentación estudiada del objeto mostraba la necesidad de la pieza que habría de ser requerida. Cada espectador tendría un aparejo que comprar. Desde el hombre vislumbrado que no se decidía por la herramienta lustrosa que la ferretería anunciaba diestramente, a la mujer que acababa de descubrir la cristalería con la cual siempre había soñado para su chinero. Los escaparates se adornaban con un despliegue de arreos, artículos y prendas que construían su propio paraíso, un edén de la maravilla y el color donde el objeto necesario o no, se hacía desear porque su presencia así lo dictaba.

Muy pronto cayó en cuenta el taxista que todo el deslumbramiento era nuevo para las pasajeras y decidió pasearse lentamente para que las jóvenes alimentaran la vista con el panorama citadino que se abría como un abanico multicolor. Las señoras atravesaban las calles sombreándose los rostros con unos parasoles que protegían el cutis de los estragos que el sol caribeño podría causar. Pudieron observar como los labios iban delineados perfectamente por un crayón que se reflejaba sutilmente con un tono más apagado sobre los párpados de unos ojos agigantados por una línea de gris ahumado. Acaso portaban la perfección diseñada en la cara, a las claras no eran los rostros a los que estaban acostumbradas a ver en los baños de monte adentro con sus amigas. Las cabezas de las damas se extendían en primor con unos peinados que se elevaban como barquillas encopetadas de un helado crema en merengue. Los cabellos no se movían ni con el viento más fuerte. El espectáculo era toda una octava maravilla. Deslumbraba ver como el arreglo piramidal se sostenía en el aire en contra de la gravedad. Como llevando vida propia, el cabello lograba sobreponerse alto y punzante a pesar de cualquier intemperie.

Los moños ensortijados fueron creciendo en aumento según el conductor se acercaba a la plaza que sería el diamante en coronar la ciudad. Allí, inmensa y majestuosa, se presentó ante ellas el parque central urbano con sus seis maravillosas fuentes rodeadas de jardines que se desbordaban en rosales y buganvillas. A lo lejos se escuchaba el tintineo del agua que en tono de concierto musicalizaba el verdor de los robles centenarios. Para mayor esplendor de la plaza los pájaros lucían sus colores con crestas que aparentaban ser almidonadas. Los ruiseñores depositaban sus alas al borde de los bancos haciendo tremendos giros en despliegue de su plumaje para atraer a las hembras que los miraban con ojos catadores. Los pitirres, caciques rabiosos del entorno, tajaban el parque de un solo vuelo, estableciendo sus territorios con una precisión que dejaban a los paseantes bajando sus cabezas para evitar el factible choque.

El taxista continuó observando la admiración depositada sobre la mirada de sus pasajeras. Él como ninguno disfrutaba el placer que las jóvenes obtenían con el drama que se escenificaba ante su asombro. Con una intención calculada decidió dar un giro lento por la calle que circundaba la plaza para que la impresión quedara completa y la ciudad luciera su más hábil decoro. Así de la manera más inesperada se les reveló el Dulce Nombre de Jesús, la iglesia de la ciudad que lanzaba su torre a los cielos como una espada encendida desplegada por los firmamentos. Unos escalones alargados en forma de pirámide conducían la vista a los cuatro niveles del templo que como una paloma gris azulada abría sus alas para extenderse a las montañas lejanas que la enmarcaban. En la cúspide de la torre se centraba un reloj inmenso que marcaba el progreso de la urbe y sobre éste una cruz elegantísima que ponía sobretodo la fe de los primeros pobladores venidos de las islas africanas. Madre e hija embobaron como tontas con el espectáculo arquitectónico. Optaron por descender lentamente del taxi para que el espejismo de líneas estéticas no fuera a desaparecer ante sus ojos.

Olga María en el preciso momento de avistar la iglesia se vio rendida a una presciencia donde en un segundo fugaz logró percibir una mano que acariciaba su cabello con extremada ternura. Los dedos fuertes se deslizaban por la cabellera negra buscando la nuca para extender una presión que llegara hasta los músculos que se conectaban con el cuello. Un beso sutil rozó su piel como espigando un nervio secreto que la llevara a una luz suave y lejana en el tiempo. La mano logró colarse hasta su espalda resultando en un jugueteo donde los dedos entraban como expertos en las hendiduras de la espina dorsal. Un suspiro lento que intentaba convertirse en palabra sonaba a la orilla de su oreja. El aliento como puntos de telegrafía dictaba una nota sonora que misteriosamente susurraba una liviandad al oído. Ella intentaba descifrar el mensaje que apenas se percibía en el aire, pero la sílaba completa se le escapaba al vocablo. La palabra apenas se pronunció cuando despertó del letargo en los brazos de su madre. Había sufrido un desmayo. Un desvanecimiento que incorporaba una vida a la suya.

Eugenia perdió la cordura al ver que la hija moría en sus brazos. Le cacheteó pequeñas bofetadas al rostro sudado de su hija para que recobrara la vida. Olga María abrió los ojos como dos faroles iluminados por la trascendencia de una existencia ajena. En cuestión de segundos logró borrar la niebla de los ojos mostrando con renovado vigor el esplendor en su mirada. El color le regresó a las mejillas con el rubor fresco que traía del campo. La madre le regañó con un cariño materno por hacerle pasar el susto de los mil demonios. Cómo se atrevía hacerse la muerta por un simple encuentro con una iglesia. No era para tanto. Los melodramas no eran de su naturaleza y le recordó que esas malas mañas las había heredado de la abuela que gustaba de lo trágico que acentuaba con extraños mareos. Qué ni loca se le volviera a ocurrir una escenita como esa. Olga María se lo achacó al viaje, a la prolongada travesía que no llegaba a su fin. Por un momento pensó compartir con su madre la vivencia del desmayo, pero luego sintió que aquel instante sublime solamente le pertenecía a ella, solamente a ella.

En todo caso, el sopor era incidente del pasado y ahora el deber de hija le dictaba convencer a su madre que el estado hipnótico no había afectado su salud. La madre sentía la preocupación a flor de piel, examinó detenidamente los ojos de la niña buscando persuadirse de que la salud de la niña no peligraba. Olga María como recurso de emergencia, decidió utilizar la táctica que nunca le fallaba. Miró a su madre con una sonrisa de oreja a oreja y le plantó un sonoro beso sobre la mejilla. Inmediatamente la abrazó mientras le hacía cosquillas en el vientre. La madre nuevamente se rindió a los mimos de su hija y sólo supo amonestarla con un suave tirón de oreja. Mira las ocurrencias de esta niña se dijo mentalmente a la vez que se reía a carcajadas en pleno gozo de las chiquilladas. La hija se aprovechó de aquel momento tan oportuno y le propuso a la madre irse de tiendas, muy a sabiendas que con el paseo olvidaría por completo el incidente del desmayo.

Como dos viejas amigas se tomaron del brazo y se pasearon por la avenida principal de la ciudad que les daba la bienvenida con un día esplendoroso lleno de sol. Iniciaron su descubrimiento con una fila de tiendas que desplegaban toda clase de inventos para el hogar. No tenían la más mínima idea de para qué servían los aparatos extraños que lustrosos adornaban los escaparates de las tiendas. Tampoco querían lucir como dos campesinas bajadas de la montaña, así fingieron conocimiento experto como si estuviesen familiarizadas con el funcionamiento de las maquinas domésticas. La avenida principal se les abrió como un abanico multicolor que fue revelándose con almacenes hermosos repletos de sortilegios, pero que no les llamaban tanto la atención como para hacer paradas necesarias. En cambio, le dieron placer al ojo con joyerías que lucían prendas enmarcadas en oro fino, farmacias que mostraban un despliegue de cremas suntuosas adornadas alrededor con diminutos pomos de maquillaje y una infinidad de zapaterías que a altas voces gritaban la última moda llegada del extranjero.

Eugenia caminaba lentamente intentando recordar algo que le había pedido su hija. Se lo había repetido en varias ocasiones, pero como iba turbada con los quehaceres de la casa, terminó por alguna razón olvidando la petición deseada por su niña. De repente, sin saber por qué, le acudió a la memoria exactamente lo que era. Tomando a la hija por sorpresa, la haló del brazo, y en un tirón se la llevó corriendo por la calle, sin saber la niña que locuras le había entrado a la madre. Las dos mujeres avanzaban como dos amigas entre correteo y salto hacia un lugar que Olga María desconocía, pero que la sola curiosidad la sobresaltaba de emoción. Mientras corrían se reían de las miradas urbanas que las cataban como dos jovencitas en revuelo. El puro placer de sentirse libres en aquella ciudad hermosa las hacía volar como dos palomas lanzadas a un mar abierto que invitaba a descubrir sus tesoros.

Habían recorrido cuatro o cinco calles cuando se detuvo la madre ante un precioso almacén con maniquíes engalanados que lucían unos vestidos que le robaban la mirada a cualquiera. Eugenia había examinado la tienda cuando el taxista ceremonioso las paseaba por la gran vía. De seguro que en aquel establecimiento de modas encontrarían la pieza que buscaba. Olga María llevaba meses pidiéndole una falda azul para lucir con una blusa de encajes blancos que le había regalado la abuela. La hija se lanzó sobre la madre en alegría porque sabía la razón que las llevaba detenerse ante las vitrinas que exhibían los atuendos de la moda femenina. Una señora elegante les invitó a que pasaran para que pudieran ver mejor la variedad de piezas que la casa tenía que ofrecer. Quedaron despampanadas cuando la gentil señora se dispuso a mostrarle la sección de faldas. Fruncida, de campana, recta con apertura al frente, de volantes, cruzada, tablón delantero, plisada, sobrepespunteada, tablas, escocesa, sarong melayo, tabla abierta, de pieza entera, en algodón, en lino, en seda y otras tantas selecciones que turbaban la mirada y opacaban el entendimiento.

Decidieron que esa no era la tarde para enterrarse en un vestidor a probar sayas de todo posible orden inventado. El día se había calentado un poco y apetecían comerse un helado sentadas sobre uno de los bancos de la plaza y simplemente ver la gente pasar. Habían escuchado de una heladería china que se especializaba en sabores del terruño. La misma contaba con más de cuarenta variedades. Llegaron hasta la heladería y efectivamente las recibió una joven asiática que en un castellano tropezado de eles les ofreció probar helado de mango, guanábana o coco. Se dispusieron dirigirse a la plaza con sus respectivas barquillas tropicales cuando observaron que a lo lejos se acercaba una procesión. Ante ellas desfilaron centenares de feligreses que en un acto solemne cargaban una virgen con un halo plateado. Olga María nunca había visto un rostro tan hermoso y a la vez tan apenado. Un caminante tomando cuenta de su asombro le explicó que la hermosa mujer era la patrona del pueblo. Que los antiguos feligreses la habían traído desde las distantes islas africanas donde siempre estuvo acostumbrada a mirarse en las aguas atlánticas del Trópico de Cáncer.

La imagen de la virgen se grabó en la memoria de Olga María. Sintió que en algún momento había visto el rostro de la dama que sostenía la pena del mundo en su mirada. Acaso fue alguna amiga campesina que trabajaba la tierra inhóspita con la fuerza que le nacía del pecho o la inocencia depositada sobre el rendimiento de su propia madre. Acaso eran los sueños que custodiaban imágenes desprovistas de una historia como una cinta cinematográfica que no cesa de transmitir las vivencias que han de nacer. Un espíritu de esperanza meditada se cercaba en las manos reunidas en rezo que buscaba comprender al mundo que se hundía en un reclamo para comprender su propia humanidad. El velo azul transparentaba una soledad inmensa que emanaba de un corazón cuya fuente de vida se rendía sobre los ojos que la miraban. Definitivamente que aquel rostro, aquella mirada, no le era foránea. Pero como siempre, el sentimiento de una nueva experiencia reveladora se silenciaba en ella. Con el sosiego de sus adentros que luego se depurarían en un conocimiento manifestado en una acción de amor o dolor. No todo lo podría compartir con su madre. Ella sabía de sobra que la ley de la vida requería estos momentos íntimos de introspección donde el alma navegaba sola.

las palmas saben volar

El taxista que las trajo a la ciudad era el mismo que las devolvía al campo. El hombre pudo notar que a las pasajeras una experiencia trascendental les había ocurrido. Llevaban la mirada perdida en una niebla de recuerdos que intentaba recapitular unas vivencias que les permitieron ver el mundo desde una perspectiva distinta. Una visión más ancha, más abarcadora de posibilidades para el alma y el cuerpo. Olga María componía un pequeño arreglo floral de unas florecillas robadas en la plaza que entre colocación y cambio sugería la impresión de un diminuto ramo de novias. Entre cada pausa dejaba el pensamiento volar para restablecerse con el rostro de la virgen en procesión. Eugenia observaba con detenimiento como las palmas volaban por el cristal creando unas fotos veloces que perdían su contorno original. Sintió que la ciudad le había ofrecido un espacio nuevo, un espacio irreconocible que se exponía tras una cortina de humo con gente corriendo aprisa a su alrededor.

Cuando el chofer anunció la llegada, despertaron abruptamente de un sueño sonámbulo, matizado aún por la urbe que habían dejado en el inventario de la memoria. El campo se auguró fresco y lozano con un aire limpio que purificaba los pulmones. Unas sonrisas cómplices se dibujaron en los rostros porque el regreso les dio mayor aprecio del terruño que las recibía con los parabienes de palomas que circulaban en el cielo. El follaje aumentó su verdor ante la mirada impura que todavía venía cargada de la ciudad gris que firmaba el horizonte con los humos de las centrales azucareras. Respiraron hondo y con gusto para reintegrarse a la tierra húmeda que olía a esa fragancia telúrica que sólo ellas sabían percibir de barro, hierba y sereno de la tarde adormecida. Se despidieron amablemente del taxista extendiéndole el debido pago. Olga María no sabiendo que hacer con el pequeño ramillete que había confeccionado, se lo obsequió al hombre de forma inocente. Él lo besó y lo acarició como si un coqueteo de agradecimiento se suspendiera en el aire. Para él, el arreglo floral llevaba las esperanzas cifradas de que en una renovada ocasión regresarían a la ciudad que las recibió como hijas ausentes.

Descendieron del coche y se dispusieron a subir la colina. La madre agarró la mano de su hija y con extrema delicadeza comenzó a jugar con los dedos de la niña. Rápidamente la joven se integró en el juego reciprocando con cosquillas a la palma de la mano de Eugenia. Fue una distracción que se inventaron cuando Olga María aprendía a dar sus primeros pasos. La madre para instigarle confianza jugueteaba con sus dedos para animarla a caminar con ahínco y destreza. Desde entonces la costumbre permaneció entre ellas y como un instinto natural se entrelazaban los dedos cuando se aprestaban a efectuar algo. En esta tarde soñolienta, el acto común consistía solamente en ascender la colina para darles por fin un merecido descanso a los pies. La pequeña vereda sombreada por los flamboyanes se les hacía larga, interminable en el ascenso, como si por una razón inexplicable el ánimo no se dispusiera para llegar a la casa rosada de los helechos escondidos. Los guaraguaos retomaban los cielos hasta descender sobre los altos copos de los árboles donde Eugenia perdía la mirada. El peso de emociones encontradas lo llevaba sobre los hombros.

Eugenia intentó explorar una razón que la convenciera llegar hasta la casa. Una sola razón que le suministrara la fuerza necesaria para reiniciarse en la rutina dolorosa de unos cuartos que se abrirían como tentáculos para ahogarla. Estrangularla con la más perversa de las iniquidades. En su caminar se le iba marcando una resistencia mayor que pesaba sobre sus pies y no le permitía avanzar. Una inercia le subía por las caderas enterrándola al suelo de la estrecha vereda. No quería y no podía moverse. El vigor mental volaba por ámbitos alternos donde la paz liberadora le permitiría respirar con un aliento nuevo. Recorría por los recovecos y los laberintos de su mente para encontrar un argumento, la razón válida que la dispusiera para el ascenso y la entrada final a la casa. Sólo halló el deber, la responsabilidad que habían inscrito sobre ella como una maldita palabra perforada sobre su frente en letras rojas. "Porque es tu responsabilidad y nada más Eugenia, tu responsabilidad".

Un pensamiento huidizo se apoderó del instante. No tenía porque ser éste el momento de regresar a lo que sentía como el encierro de su vida. Apretó fuertemente la mano de su hija buscando en ella el apoyo para lanzarse al escape que el segundo de valentía le ofrecía. La hija comprendió que la falta de lucidez no era siempre la solución a un dilema que atormentaba el alma, pero de igual manera entendía que por lo menos una fuga temporal le podría facilitar un descanso pasajero a la trena que la esperaba. Siguió los pasos apresurados de su madre que pronto se volvieron en una corrida desesperada, un trotar acelerado de dos gacelas que buscaban refugio en el bosque tupido de madreselvas bañadas en copos de nieves y lágrimas ensangrentadas. La brisa afilada en giros de torbellino castigaba con el frescor de la noche para apaciguar los cuerpos que volaban ahora en una furia descabellada. Corrían como locas para eludir la mazmorra que al tope de la colina se anunciaba.

Llegaron por fin extenuadas a la orilla del río que las esperaba con una luna llena transparentada en su fondo y reflejada en las piedras pulidas. Eugenia sucumbió a sus aguas zambullendo hasta lo más hondo del charco lapislázuli para encontrarse con los pececillos dorados que la transportaran a otro mundo, a otra existencia. Quiso permanecer para siempre en el universo acuático sin estrellas donde la pureza cristalina por fin la liberaría de una vida transgredida de dolor. Tragarse todo el inmenso charco y hacerlo suyo para que éste se hiciera ella en un solo acto de comunión. Sintió como flotaba desposeída de peso ferrado, alejada en una niebla de un vértigo dulce que se la llevaba sin un requiebro que anunciara el sufrimiento de la carne. La piel ahora se transparentaba y perdía su color. Se le desvaneció la fuerza, la respiración. El aire se atenuaba con rapidez y una luz dorada se abrió ante sus ojos. Una vereda color ámbar se instauró en su mirada invitándola a traspasar un camino de transparencias donde una solución certera de muerte se establecería. Sería fácil, sería ligero. El tránsito final sería instantáneo.

Pero un acto de fuerza avasalladora perturbó el camino de la transgresión y sintió que de un tirón súbito una mano la halaba al mundo de los vivos. No quería ascender, respirar el aire de la noche fría. No quería ser parte de la acción perversa de la vida. Sólo ella y su río palpaban la verdadera comunión del alivio de la liviandad. Su trance más decidido era permanecer en el suelo del pozo sin fondo hasta traspasar la luz ámbar donde le esperaría los seres translúcidos sin retorno. Ahogada en un suspiro, luchó contra la mano fuerte que intentaba ser la cuerda floja entre la vida y la muerte. Sintió como las uñas se clavaban en la piel hasta sacarle la sangre, desgarrarla del precipicio que intentaba traspasar. La mano venía con una fortaleza mayor, un impulso portentoso que no permitía tregua a la lucha del momento. Una debilidad repentina se apoderó de su cuerpo exhausto y se rindió ante el vigor superior que la esforzaba ascender a la superficie.

A duras penas Olga María logró sacar a su madre del fondo del pozo que casi se la tragaba por una de las cavernas del río. Su cuerpo tan rendido como el de la madre, buscaba desesperadamente recuperarse para arrastrar el saco inerte semi ahogado hasta la orilla. Con el bagazo de carne sobre las piedras, los puños empellaron contra el torso para extirpar el aire, para sacarle la vida del tórax, aunque fuera a golpes de rabia y despecho. El instinto le dictaba que pusiera presión sobre el pecho, que sus brazos fueran una bomba de compresión incesante. La misma intuición la llevó a depositar su boca sobre los labios arrugados de la madre, para llenarla de aire, para que al menos un suspiro surgiera del cuerpo que se rendía a la caída final. El fallecimiento no podría ser. No ante los ojos de hija indefensa. Continuó cabalgando sobre la mujer hasta que por fin escuchó un gemido leve que en definitiva anunciaba el retorno a la vida, el regreso a los brazos de una hija desesperada que no comprendió ni por un instante el acto iracundo y repentino de su madre de gestionar la muerte.

Olga María le recriminó mil veces la locura. Entre gritos y sollozos le exigía a su madre una explicación. Un porqué de la resolución inconcebible que surgió de la nada. Ella, que tan feliz se manifestó con la visita al pueblo. Donde la sonrisa se le dibujó como una constante en el paseo por las calles, por la plaza que se le abría como un abanico esperanzador hormigueando en la curiosidad del desvelo. Intentó pillar el momento, el preciso momento en que el indicador emocional señaló el deseo de establecer la ruptura definitiva con la existencia de los que la amaban sin condiciones ni pretextos. Por más que cavilaba los recovecos de aquel hermoso día, no lograba encontrar un incidente que provocara la decisión tajante de terminar con su vida. La felicidad se había apoderado de ella en esa visita y hasta vislumbraban como días prometedores la ocasión en que podrían regresar a la ciudad.

Por fin la madre le susurró unas palabras al oído. Unos vocablos leves que apenas se podían percibir en el aire. Una nota rendida que llegaba con un rugido apagado del que no quiere continuar la lucha.

—No puedo regresar allí, no puedo.

Eugenia se depositó como una paloma herida entre los brazos de su hija. Quiso permanecer eternamente protegida en el momento de la total confesión. No salir del bosque que la abrigaba con sus alas de pájaro esperanzador y vivir para siempre entre los brazos de su hija que la guardaría de todo mal. Acurrucarse entre los brazos que sólo conocían el amor y una fuerza portentosa de vida para mantener vivo el sentimiento. Repitió nuevamente la frase como para enterrársela dentro del alma, donde sólo ella pudiera entender el significado profundo y desesperanzador de la negativa que venía con el pronunciamiento de las palabras que se partían en los labios.

—No puedo regresar allí, no puedo.

La hija la abrazó con el mayor empeño y afecto posible, quería que en la piel silente del abrazo se expresara lo que no se dice en la sílaba vacía, la solidaridad de las almas encontradas que comprenden más allá de las palabras, más allá de los gestos.

Así se abandonaron a la noche que se le echaba encima como un manto dulcificado que reconstituye las fuerzas. El sueño como un cómplice que no se anuncia, se fue colando por las rendijas de los ojos muertos que sólo exploran la paz sosegadora del descanso. Los cuerpos exánimes por la turbulencia de las emociones encontradas lentamente formaban un nido de serenidad en el que la calma reinaba sobre una tormenta ya apaciguada. Olga María acarició con ternura solícita las hebras solares de la cabellera humedecida de su madre que se iluminaba como un agua fosforescente de fuego. La respiración de Eugenia se aquietó convirtiéndose en un murmullo de pájaro mojado que solamente encontraba la seguridad entre los brazos de su hija. Se fue entregando con una lentitud apacible al sueño hasta que por fin se rindió sobre el regazo de su niña.

Eugenia entró al sueño creyendo que la realidad se había transformado y que por fin una nueva verdad definía su vida. Se vio vestida de un azul celeste que chocaba tremendamente con su cabello color zanahoria. Allí sentada junto a un hombre joven, de una hermosura que se asemejaba a la de un ángel, esperaba un tren que la llevaría a un lugar muy lejano donde las aguas no serían cristalinas como la de su río, sino subidas en un gris de niebla transparentada. Cerraba los ojos, muy queda en la estación del tren, y se veía viajar en un vagón que se mecía de una forma rítmica sobre las aguas que en el fondo resultaban turbulentas y en la superficie lucían serenas. El tren no marchaba sobre rieles, flotaba sobre la nada, la bonancible y absoluta definida nada. Abría los ojos y nuevamente allí se encontraba, esperando el tren junto al hombre joven en la estación. Cerraba los párpados y nuevamente volaba sobre los cielos en un vagón que ondeaba sobre las aguas. El ciclo del parpadeo continuaba las veces que ella sellara y abriera los ojos, como si el control de su estado onírico lo llevara en la mirada.

El joven la observaba con unos ojos grandotes negros que intentaban expresar una gratitud extraña. De vez en cuando un pequeño recelo se le colaba por la esquina de la pupila que se tornaba en una chispa leve de inocencia. Luego el muchacho le tomaba las manos con exagerada delicadeza. Con las palmas aspiraba crear un nido donde los dedos servían como rejas que formaban una jaula. No perdiendo el tacto delicado, besaba las manos y luego las regresaba a la falda azul celeste. Una sonrisa pícara se dibujaba en los labios que iba seguida por una carcajada de felicidad que sólo él lograba disfrutar. Ella lo miraba con asombro como queriendo comprender la hermosura de sus ojos, la ternura de sus manos. Él que comprendía el lenguaje del silencio, le indicaba un sí certero mientras asentaba con la cabeza repleta de rizos negros. Cuando se le antojaba, el adolescente cerraba los ojos y nuevamente como por arte de magia, ella quedaba transportada al vagón que viajaba sobre las nubes donde las aguas le servían al tren como rieles de movimientos asaeteados. Allí en el vagón también se encontraba él, pero los rizos se habían convertido en serpientes de fuego y la mirada en dos faroles sembrados de espinas secas y toscas. Eugenia no poseía el ánimo para hacerle la lucha a la mirada de las astillas que su sueño había inventado y en un rendimiento total de fuerzas, se entregó a la narcosis recuperadora que le prometía un bello amanecer.

La primera luz del día siempre se anuncia con los gorjeos apagados de los pájaros. Es un resplandor verde con destellos dorados que se minimizan a través de los párpados, invitando al alma a desadormecerse del sueño. El cálido sol se va desparramando lentamente sobre el cuerpo para anidarlo en una especie de regocijo, que sólo el concierto del amanecer trinado en cantos y rocío logra levemente despertar. La sombra iluminada de espacios solares esparce su manto sobre los cuerpos rendidos, para con los flechazos de la luz temprana, recordarles que es la hora de reintegrarse al inicio del día. Pero el cuerpo sucumbe al placer de saberse acurrucado entre el albor y la noche que ya no es noche, sino un bello amanecer que es tirano a los párpados cerrados. La lucha se va volviendo un acto interno de sentimientos encontrados, reconociendo a últimas instancias que el pleno día se apodera del cuerpo y que éste tendrá que enfrentarse a los rayos solares que le van perforando la piel. El despertarse se vuelve el acto sublime y precoz de saberse vivo.

La primera patada la sintió entre las piernas. Luego fue seguida por un puñetazo sobre el estómago. Aún no había abierto bien los ojos cuando recibió la segunda patada en el mismo lugar que la primera. Oyó un rugir que entre sílabas desgarradas en odio le recriminaron de un zarpazo,

—Levántate puta, puta de mierda.

Apenas escuchó con claridad la falsa acusación cuando sintió que el marido la desgarraba de los brazos de su hija. Desmembrada de la unión con Olga María, la tiró hacia un lado y se abalanzó sobre ella para sacudirle la cara con bofetadas a diestra y siniestra. Con cada grito le recriminaba la porquería de mujer que era y cómo se atrevía hacer de su hija una cualquiera, una puta cualquiera que se duerme debajo del primer chorro de agua que encuentra. Al Eugenia querer dar una explicación, pedir un perdón rogado en lágrimas, vino la próxima bofetada, más fuerte que la anterior.

Eugenia no se explicaba de dónde había salido el hombre. En que maleza se había escondido como una serpiente maligna para atacarla de ese modo. Intentó suplicarle que entendiera, que todo fue un accidente, que ella se lo podría explicar todo. Pero cada pronunciamiento de la esposa era leña para el fuego. Más se enfurecía, más golpes caían sobre su cuerpo que no aguantaba la zumba. El hombre quería sacar una furia que se lo comía por dentro, una rabia feroz que se desbordaba en una resaca de odio. Cansado de golpearla, se desabrochó el cinturón que llevaba ceñido a la cadera y en un fuetazo mayor comenzó a pegarle con el cuero duro de la correa. Eugenia con el nuevo atropello no tuvo otra alternativa que correr como desesperada. Ernesto se aprovechó de la insurrección para pegarle con renovado ahínco y mientras más corría más desembocaba su rabia sobre ella.

El cinturón vino a servir de látigo que a cada trallazo estampaba una herida sobre la espalda. La sangre goteaba sobre las bromelias deslizándose entre las hojas para caer sobre la tierra mojada. La inmolada se escurría entre los matojos sembrados en espinas para esquivarle el paso al que se venía sobre ella como una bestia. En un traspié tropezó el sanguinario con unas enredaderas secas que amarrándole los pies lo tumbó como un coco seco, dejándolo paralizado en todo intento de alcanzar la presa que se le escapaba. De la boca surgió un aullido desgarrador, como la alimaña que cae en una trampa de sargazos en tierra movediza y sólo siente su venganza en un bocazo de odio expresado en el bramido expulsado en voz quejumbrosa que se quiere comer la noche. Comenzó a gritar como un loco desesperado porque el tropezón le había fracturado los tobillos, inmovilizándole el corpacho titánico, dejándolo inútil y baldado sobre la tierra que se le trepaba en los dientes amarillos que salivaban de rabia.

Eugenia se detuvo ante el endriago de marido que sonaba como animal herido. Una compasión extraña se apañó de su conciencia que de sobra conocía el dolor en carne propia. Se volteó con una cautela acotada por un instinto de supervivencia y con un vistazo retrogradado verificó si realmente había sucumbido el hombre. No sólo yacía inerte el cuerpo herido, sino que sobre él se encontraba montada su hija soterrándole las uñas como una gata salvaje. Había hecho de sus zarpas unas garras acuchilladas que le facultaban extirpar los ojos de las cavidades de una sola garfada. La niña inocente se había vuelto una bestia que buscaba aminorar su dolor propio de hija indefensa. En un acto desesperado y embrutecedor de ira que ciega el entendimiento humano, ella habría de salvar a su madre mostrando la solidaridad física y emotiva para sacarle de encima el que terriblemente la asediaba. Esta no sería la primera vez en extirpar a su madre de las garras de la muerte. Con pezuña y odio regresaría su madre a la vida, aunque significara la muerte propia.

Eugenia en un intento previsor de socorrer al que ya había rodado por el lodazal rendido, corrió hacia su hija para detenerla del acto trasgresor, gritándole mil veces que pensara lo que estaba por hacer, que aquel era su padre, una bestia, un monstruo, pero su padre. Olga María ensordecida por una demencia repentina, sólo socavaba con sus uñas la piel de los párpados para lograr adentrarse en los orificios de los ojos. El hombre intentó presionar los músculos faciales para evitar la extirpación que le venía encima. Eugenia llegó a tiempo para desprender a la niña del padre que en sus fuerzas finales estaba a punto de lograr su fin, arrancarle los ojos de un zarpazo. Eugenia la abrazó fuertemente para que supiera que aquella que la sostenía era su madre, que seguía viva, que recapacitara ante el acto embrutecedor que estaba a punto de cometer. Olga María rindió sus brazos. Un largo y profundo sollozo salió de su pecho. Con sus manos ensangrentadas, logró percatarse en un minuto fugaz de lucidez, como se había convertido en su padre, como se había transformado en lo que ella tanto despreciaba y odiaba más allá del odio mismo.

Animando a la hija para que recuperara las fuerzas, le pidió que la asistiera en arrastrar el cuerpo de Ernesto hasta la casa. Cada una agarró una pierna del herido y halando con una vitalidad renovada, lograron arrastrar al hombre por la vereda que se entorpecía con rocas e insectos que salpicaban a la cara desgarrada del que parecía no tener deseo de vida. Un placer insólito se dibujaba en los rostros de las mujeres. Un gozo de venganza que se combinaba con una compasión no merecida hacia la vida de aquel hombre. Una rara sensación de placer al saber que sufría el atropello de las rocas que golpeaba la espalda. Un lomo que ya no era fuerte y musculoso, sino una planicie endeble que apenas se sostenía en su propia armadura. Cuando llegaron a la casa, tiraron el cuerpo sobre el camastro. No sabían que hacer con el fardo. Después de unas horas decidieron que lo más humano era al menos darle un baño para desinfectarlo de las heridas. El hombre era fuerte y ya buscaría la forma de recuperarse batallando su propia tragedia. Ellas no serían inhumanas y en un socorro mínimo le asistirían para verlo sanar. Las horas y los días se fueron depositando sobre las copas de los árboles para anunciar una vida que podría resultar esperanzadora para el hombre que yacía casi muerto sobre la cama.

las miramelindas se enloquecen

Ernesto aprendió por primera vez lo que era sentirse abatido y rendido ante las circunstancias fuera de su dominio. Los tobillos hinchados estallaban como dos guanábanas podridas con secreciones que exhibían una putrefacción temprana. El cuerpo exhausto y paralizado por el dolor intolerable comenzaba a dar señales de un abatimiento que se manifestaba en unos quejidos ahogados en el pecho del sufriente. Las mujeres por bondad o pena se compadecieron del enfermo que se les moría en vida. Comenzaron por desinfectarle las heridas con los alcoholados curativos de la abuela. Al principio los resultados fueron prometedores, dirigiéndose a una recuperación pronta. No bien se iba restableciendo el enfermo cuando tuvo una recaída aplastante y el puz le brotó como sarampión enloquecido. Las improvisadas enfermeras en el momento crucial tomaron la decisión que venían postergando, habría que ir al pueblo para buscar los debidos medicamentos para sanar de una vez al que se convertía en un leproso, a un llagado como cuadro de San Lázaro en pena.

Se fueron de madrugada a la carretera principal para ver si pasaba carro público en el domingo lento donde no transitaba ni un solitario vendedor de frutas en bicicleta de segunda. Para sorpresa de las que estaban a punto de resignarse, se detuvo ante ellas el mismo taxista que en la primera ocasión les había porteado entrada a la ciudad de las calles esmaltadas. El hombre se dirigía a misa temprano y sólo llevaba con él una canción romántica apretujada en la garganta que soltaba en grandes ladridos por la ventana. Las recibió con tamaña sonrisa, pero pronto cayó en cuenta por las caras abatidas que llevaban, que una emergencia las apresuraba a la ciudad. El joven sin chistear ni inquirir en el menor de los asuntos privados avanzó con la mayor rapidez que el acelerador le permitía al hospital central de la ciudad. Para aquellos tiempos la clínica que se encontraba localizada en lo más hermoso de la ciudad poseía la reputación de ser un centro de milagros donde prácticamente todo lo curaban. Sería fácil de localizar y en menos de una hora las tendría frente al recinto.

El hospital privado fue fundado por unos judíos alemanes que llegaron a la isla a mediados de los años treinta. Los galenos huían de una guerra que se había esparcido por su tierra germánica. Algunos cayendo en desgracia por un militarismo rampante terminaban en campos de concentración donde los eliminaban progresivamente con labores infrahumanas. Los menos afortunados eran exterminados en las duchas de los gases tóxicos. Los pocos que lograban escaparse emigraban a las tierras americanas donde formarían nuevas proles, regerminando generaciones frescas que serían la memoria viva del exterminio masivo de su tierra natal. Eran contados, pero venían altamente calificados para desempeñar una labor médica carente en la isla perdida por el trópico. Su destino final fue tan distinto en temperamento y ánimo a su amada Germania que muchos dudaron si podrían permanecer en la isla dormida donde los adelantos médicos llegaban con lentitud.

Al principio no dominaban el idioma de los nativos, un español sutilmente variado al que habían escuchado en Europa. Los isleños reposaban eres y eses que resultaba en un descansar paulatino de su habla. Con el transcurso del tiempo aprendieron a manejar con increíble rapidez la lengua del archipiélago que comenzaba a manifestarse agradable al oído. Se les mitigó la entonación germánica y hasta se percibía una suavidad caribeña en su dejo aprendido. Los hijos que también se hicieron médicos se fueron rindiendo a los brazos de las criollas formando linajes nuevos con una plenitud germánico-caribeña. Con la mezcla se cinceló una innovada estirpe de belleza e inteligencia que sentaba raíces en el trópico alejado de la Germania querida. Los hijos se criaron bajo el cielo de la isla y ahora el sol que les definía fuerte en la frente, se pujaba como la razón innegable de sus vidas. El pasado semita quedó sentado en la memoria junto a la herencia de una profesión aprendida. Los jóvenes médicos se formaban bajo las dos estelas que eran su fe y su profesión, acervos a los que se dedicarían en cuerpo y alma. De ahí que la clínica tuviera fama por el país de ser posiblemente el centro médico con los doctores más aptos y preparados en sus incontables especialidades.

Los expertos recibieron con prontitud a las jóvenes cuando se enteraron de la emergencia que las acaecía. No pudieron ocultar la sorpresa que les causó al escuchar a las mujeres describir con entera serenidad los síntomas del paciente. Acaso el que yacía derrumbado sobre el camastro abandonado no era el padre, el marido agonizante. La frialdad con que trataron el asunto dejaron a los médicos perplejos. Igualmente atónitos, prestaron atención de la exactitud en la conjetura de los males que perturbaban al enfermo. La descripción era tan detallada que parecían tener al paciente frente a sus ojos. Los facultativos discutieron por unos cuantos minutos y en cuestión de segundos les estaban dictando las recetas a sus enfermeras. La espera fue igualmente de corta. A la media hora tenían las mujeres entre sus manos los ungüentos, las pastillas y las inyecciones que repondrían al doliente.

Olga María consiguió adivinar que su madre no quería regresar al campo. En el rostro de Eugenia se le dibujaba un pánico que causaba espanto. Ella tampoco deseaba verse con el verdugo que había dejado la espalda de su madre estampada para siempre. Pero una de las dos tendría que asumir la carga de cuidar al derrotado que se bebía las lágrimas de puro dolor. La niña por fin tomó la decisión que la madre con ansias rogaba por dentro.

—Te quedas en el pueblo y resuelves unos asuntos importantes que se nos han quedado pendientes y el taxista te busca mañana por la tarde.

La madre vio el cielo abrirse. Abrazó a su hija no sólo por el amor que le tenía, sino por comprender a su temprana edad el dolor soterrado que ella guardaba en su silencio. Abordó el taxi inmediatamente, no queriendo pensarlo dos veces, excusa de que ella también fuera a arrepentirse y salió disparada hacia el campo donde la esperaba una noche larga de aullidos humanos. El mismo taxista ahora la regresaba a su casa. En su retrovisor ya no veía a la niña inocente arreglando flores silvestres para obsequiarlas como gesto de agradecimiento. Ahora veía un rostro transformado, una cara distinta a la que observó por primera vez cuando el candor se dibujaba bajo sus párpados.

Olga María se percató de la mirada furtiva que se asomó por el espejo. Después de meditar unos segundos se cuestionó por qué no sabía nada de este hombre que la había auxiliado dos veces. Decidió echar hacia un lado su timidez de concha univalva e inquirió la más básica de las preguntas.

—Hola, ¿cómo se encuentra?

El hombre no pudo ocultar su asombro y en un gesto abultado dejó caer la mandíbula. La joven se sonrió porque sabía que el ademán surgía con una exageración melodramática como si quisiera obtener su total atención. Tal vez el hombre percibió la preocupación que llevaba encima y pretendía distraerla con un poco de humor.

—Bueno, bueno, me sorprende que se digne a dirigirme la palabra. Lleva dos viajes conmigo y ni siquiera conocía el tono de su voz. Me llamo Warren, Warren Brown Pedraza y sí me encuentro bien.

Efectivamente, ella tampoco había escuchado su voz y se sorprendió un poco cuando detectó un leve acento extranjero en su dicción. No muy fuerte, pero presente no obstante. Claro que no se le escapó la fuerza abrumadora que depositó sobre la pronunciación de Pedraza como si llevara orgullo enunciándolo mientras que los primeros dos apelativos apenas surgieron sin resonancia de la boca. A Olga María le resultó extraña la combinación de nombres y rápidamente se le notó en la cara que puso de desconfiada.

—Por su mirada de gata escurridiza se me sobra la conclusión de que usted no confía en mí. Por supuesto, la primera pregunta que se le cuela por la mente es quién es este tipo con acento de gringo manejando un taxi en pleno domingo muerto. Como el viaje es largo y la desconfianza grande, tírese para atrás y disfrute el cuento para que la travesía le resulte corta. De una vez se entera de que la vida es más compleja de lo que parece.

Olga María que no llevaba apuro alguno siguió al pie de la letra la sugerencia del joven. Después de todo le hacía falta una distracción de los problemas que acarreaba desde el instante en que su padre sucumbió a las enredaderas del bosque. Prestó atención para no ser descortés y también porque le intrigaba la prestancia del taxista. Había un aire noble en su compostura, un porte que nacía de un orgullo propio.

—Cuando la gente se enamora, es decir cuando se enamora de verdad como Dios manda, con las mariposas en el estómago, las estrellitas en los ojos, el sudor en las manos, bueno usted sabe, yo no tengo por qué explicarle lo que usted ya se imagina. Bueno la cuestión es, como le venía diciendo, que cuando la gente se enamora, esa gente no sabe de razas, ni colores ni religiones, ni clases sociales, ni toda esa basura que le enseñan a uno los familiares, parientes, la iglesia y demás metidos en la olla que al final de cuentas realmente ni siquiera les concierne el asuntito del amor. ¿Se ha fijado usted cómo medio mundo quiere opinar sobre el tema del amor? Fulano y mengano quieren cartas en el asunto. Que si no te cases con éste, mira que está feo, que no es de tu clase, no habla tu idioma, apenas se conocen, son de razas distintas, sólo te quiere por el dinero y quién sabe cuántos disparates más. Al final de cuentas, la población entera quiere vela en el entierro. ¿No le parece señorita? Debería ser sencillo. Nada, se enamoran, punto y final del cuento. Así de simple, ¿no? Por qué hay que buscarle siete patas al gato me pregunto yo.

El joven pausó por un minuto como para agarrar aire. Luego Olga María se percató que era que pasaba a un segundo aspecto de su narración y que la primera parte solamente era un preludio justificativo a lo que habría de venir. La parte jugosa del relato. Ella mostró mucho interés en su rostro animando al hombre a que continuara.

—Como ya se habrá imaginado mi padre es norteamericano, específicamente de Nuevo México, por lo tanto algo de hispano llevaba el hombre en las venas, quién sabe con que bisabuela mexicana nadaba la herencia por alguna parte, como es qué va el refrán . . . y tú bisabuela dónde está. Mi madre de la capital, de la pura losa como hubiese dicho mi abuela sanjuanera, conoció a mi padre en un viaje que hizo la familia a Cuba y allí en uno de los bailes de la base naval se enamoró del mulatazo hecho galán que dejaba cortito a Harry Belafonte. Mi madre vio aquellos ojazos señorita y para qué le cuento, aquella musculatura, la sonrisa que emanaba del corazón y terminó prendada de él para siempre. Claro, allí empezaron los problemas. "Que importa si es coronel si es negro, que importa si tiene carrera militar con futuro si es negro, que importa si te quiere si es negro. Negro y americano, mija. Te imaginas llevar eso al casco del viejo San Juan. A ti que te quieren coronar la belleza capitalina, tú más blanquita que la perla que nos representa. No mija ni lo sueñes. Bájate de esa nube. Mañana nos regresamos a San Juan". Así mismo se lo dijo mi abuela, la sanjuanera que venía de la más fina loza capitalina. De las que nacen con la cucharita de oro en la boca. Usted las conoce señorita.

Olga María no pudo creer lo bien que fingió la voz de la matriarca puertorriqueña. Hasta sonaba a una mujer creída con los amaneramientos que ella se imaginaba una señora de su clase tendría. El muchacho contaba con convencimiento y hasta el acento se le desaparecía porque asumía el rol de su abuela con entereza. El taxista continuó el relato detallando los pormenores de su familia.

—Esa misma noche se fugaron y aquí me tiene usted señorita, Warren Brown Pedraza, claro, más Pedraza que Brown. Al principio se les dificultó un poco la relación con el problema del idioma y las culturas atravesadas. Mi padre apenas machucaba un español méxico americanizado que hacía a mi madre reír como loca y ella por su parte atropellaba un inglés de diccionario de escuela fina que dejaba a mi padre enloquecido halándose los pelos. "La gente no habla así, la gente no habla así" le decía entre malhumorado y encantado de tener una esposa educada. Uno protestante y la otra católica. Imagínese usted. Ella creyéndose el último refresco frío en el desierto y el hombre con los pies bien plantados sobre la tierra. Una soñando con pajaritos preñados y el otro sacando cuentas para dar abasto con la vida. Mar y cielo. Cielo y mar. Pero eso sí, el mar se miraba en el cielo y el cielo se reflejaba en el mar. Tan distintos y tan iguales. Todo hubiese indicado que ese matrimonio no duraba y cuidado que precisamente eso era lo que ambas familias querían, pero el amor puede mucho más, ¿no es así señorita? ¿Por qué la gente se quiere así señorita, usted sabe, lo de las mariposas en el estómago, las manos que sudan y las estrellitas en los ojos?

Olga María se quedó pensativa. La verdad que la respuesta no la tenía. Más que nada le entraba la curiosidad de conocer mejor a este hombre que intentaba disimular su descendencia con una lluvia de refranes como si quisiera pasar por máximo criollo de los criollos. Esta manía de observar y analizar a la gente no se le quitaba. ¿De quién la habría heredado? ¿Acaso del abuelo irlandés del que tanto le habían hablado? Se proponía en ser atenta conversadora, pero siempre terminaba con la introspección propia de sumergirse en el mundo de las ideas. ¿Qué motivo proveyó ella para que el hombre se abriera de esta forma? Parecía una catarata de palabras fluyendo hacia un río interminable que no pretende cesar hasta que el desborde de sentimientos se vea completo y exhausto de vida. Una opinión, una idea tendría que comentarle para no verse como una antisocial. Se le ocurrió una insípida pregunta para continuar la conversación.

—¿Por qué vivo aquí y no en el norte? La verdad que es una buena pregunta, se nota que es usted una conversadora atenta. Mi padre murió siendo yo muy niño, apenas entraba a los nueve años. Murió de un cáncer que se come la memoria y los recuerdos. Mi madre nunca entró en detalles porque le deprimía el sólo hecho de pensar en él. El desierto arrollador de Nuevo México junto a la memoria del esposo incrustada en el corazón no le sentó para restablecerse. Le entraba unos ataques depresivos que la dejaban al borde de la locura. Día y noche sólo escuchaba los boleros de Daniel Santos mientras bailaba abrazada a la ropa que aún llevaba el aroma de la colonia de mi padre. Creo que por aquel entonces fui aprendiendo sobre la tristeza del amor, porque antes fue tanta la felicidad que vi, que hasta llegué a pensar que el amor era eso, pura, purita felicidad. ¿Por qué será que la gente tiene que morir joven, enamorada y el otro se queda con el lío metido en la cabeza? No parece justo, ¿verdad, señorita? Yo casi hasta le tengo miedo, sino respeto a esto lo del amor. Parece que es más lo que se sufre que lo se goza cuando uno anda por esos caminos del sentimiento. Yo no sé. ¿Usted qué opina?

Olga María no sabía cómo responderle a la pregunta, si es que la misma buscaba una respuesta. Decidió permanecer callada para ver si retomaba el relato. Tal vez era una pregunta que se hacía a sí mismo y en realidad no había porque contestarla. El silencio incómodo le sirvió de cómplice y el hombre continuó su historia.

—Como que se me fue el hilo de la conversación y nunca le contesté la pregunta. El norte le sentó malísimo a mi madre y al final de cuentas el estado resultó ser más un desierto que otra cosa. Ella acostumbrada al verdor de la isla, el azul del mar, los ojos verdes de papá. El color desapareció por completo de su vida y solamente quedó un negro más pardo que la mismísima noche. Uno no cae en cuenta de la importancia del color hasta que llega a las islas. Nunca he visto tantos tonos de verde en mi vida. Le confieso que hasta marea. Cómo fue que dijo el poeta, algo de . . . "un jardín encantado sobre las aguas de la mar que domas, un búcaro de flores columpiado entre espuma y coral, perlas y aromas" o una cosa por ese estilo. El hombre de los versos se quedó cortito. De todas maneras, en cuanto mi madre divisó las montañas de su tierra, se le dibujó una sonrisa de oreja a oreja que no había visto en años. Como que se le quitó la media locura que llevaba encima. Mi adolescencia desorbitada no me permitió apreciar la seriedad del asunto. La señora regresaba nada menos que a la tierra que la vio nacer y eso no era un reencuentro menor, sabe usted señorita. Especialmente para ella esta tierra embrujadota representaba su pasado y talvez su porvenir.

Por un segundo a Warren se le fue el habla. Un nudo se le formó en la garganta y quiso fingir que la saliva se le había atragantado. Olga María se hizo la desapercibida y permitió que el taxista aclarara la voz para retomar la historia de su familia.

—Y luego ni se diga el griterío de gente que nos recibió en el aeropuerto. Hasta vergüenza me dio señorita. Los abuelos cuando me vieron se abalanzaron sobre mí dejándome sin aire. Me apretaron tan duro que vi las estrellas girar. Con un lloriqueo que no se le quitaba a la abuela murmuraba una frase que sonaba a "por fin, por fin estamos juntos". Luego me enteré que precisamente en aquel momento histórico de nuestra familia el abuelo perdonó a mi madre por la indiscreción de haberse casado con mi padre. "Nada, si salió blanquito, mija, blanquito como tu madre. Está buen mozo y es un Pedraza como nosotros, perfiladito, perfiladito. En San Juan las amistades ni se darán cuenta. El nieto se parece a mí, dime que sí. Tú sólo dile a la gente que tu marido era coronel y san se acabó, no tienen por qué saber más". ¿Se imagina señorita que digan eso de uno? Quedé vestido y convidado. El viejo pelele no sabía que yo era hijo de mi padre y que jamás negaría a mi progenitor ni en las curvas de Utuado. Le perdoné las estupideces al viejo porque vi a mi madre feliz y ésta me guiñaba el ojo como diciéndome "perdónalo que es tu abuelo, mira que te quiere como yo". Los sacrificios que uno hace para los seres queridos. Las torpezas que uno tiene que tolerar para la gente que uno quiere, ¿verdad, señorita?

Con la descripción física de la ascendencia quedó Olga María con la viva curiosidad de apreciar el rostro de Warren. Alguna artimaña se le tendría que ocurrir para hacerle girar la cabeza para que ella a plena vista pudiera juzgar el árbol genealógico que le había atizado en la narración. Y cuidado que llevaba el deleite montando el taxista, que sin lugar a dudas se embelesaba en narrar la historia de su vida. Decidió por fin recurrir a una de sus armas predilectas: el silencio. Nunca fallaba la estrategia que descubrió de niña cuando quería salirse con la suya. Abuela Cristina se afligía cuando la niña, su única y querida nieta se le remontaba al mundo de los muertos. "Mira Eugenia que callada está la bebe. Algo le pasa a la niña. Examínala para ver si le ha entrado la calentura. Te digo que algo le pasa a la bebe. Por Dios Santo apresúrate mujer". A los dos segundos tenía a las dos mujeres arrodilladas ante ella como si fuera la infanta de Granada con dos meninas a su disposición. El amado silencio que nunca le fallaba.

—Señorita, ¿se encuentra usted bien? Mire que me tiene preocupado porque la encuentro muy callada. ¿Dije algo que la incomodó? Si quiere ahora mismo me detengo para que tome un refresco y se le pase lo que tiene.

Efectivamente, le funcionó la estratagema del silencio. Warren volteó la cabeza en varias ocasiones para reexaminar la pasajera con la intención de asegurarse que la misma no iba mareada o indispuesta por el viaje. Olga María logró su propósito, mirarlo de frente para evidenciar el mestizaje del que venía jactándose. Sus ojos de niña tímida no estuvieron preparados para el sobresalto que les esperaban. En su mente había dibujado una cara ordinaria sin nada que la distinguiera excepto uno que otro rasgo sajón sin importancia primordial. De inmediato se preguntó cómo era posible sufrir un susto por una belleza excesiva. Ella no estaba preparada para el espejismo. Tía Justina le había explicado mil veces que sólo y tan sólo las mujeres eran bellas y que se sintiera feliz por el inviolable axioma de la vida. "La mujer posee la dicha de saberse el ser más hermoso sobre el planeta, de las pocas armas que tenemos nosotras las mujeres mija, úsala con destreza". Era obvio que la tía Justina se había equivocado tremendamente en su juicio con referencia al género opuesto y con el error dejaba a la sobrina a la intemperie sin defensas. Ni el silencio podría auxiliarla en aquel momento inoportuno.

Warren Brown Pedraza era el hombre más hermoso del mundo. Quería verlo como una incredulidad. Pero no, allí lo tenía zampado frente a su cara. En el medio de un paraje desierto se encontraba un joven que excedía la belleza permisible a un hombre. La miró con los ojos tristones de un verde esmeraldino que invitaban al puro ensueño descarado de unos luceros dormilones. Las pestañas se alargaban en un espesor de selva oscura hasta apenas rozar con las cejas arqueadas que destellaban con unos mínimos vellos rubios. La frente de mediana longitud anunciaba la curvatura de rizos ensortijados pero lacios de una cabellera que se asemejaba a una corona de bucles de un príncipe encantado. Sintió el aire perfumado salir con una suavidad de pétalo por una nariz cincelada por los ángeles. Y la boca era el pecado al cual no se le podía dirigir la mirada. Los labios suntuosos de un rojo vivo permitían el escape de unos dientes que sino perfectos no distaban de estarlos. El muchacho estaba como bajado del cielo. El resto de su persona no se lo quería ni imaginar. La pasajera giró la cabeza como para agarrar el aliento.

—Señorita, ahora sí que la veo mal. A usted algo le pasa.

Olga María tomó conciencia de lo que en realidad hermoseaba al hombre creado en mundos divinos: él mismo no poseía la mínima idea de que era bello. Su desconocimiento era su verdadera belleza. No se podía explicar cómo era posible que él no tuviese conciencia de su guapura. El hombre o no se había mirado al espejo o tuvo una madre que lo crió con unos principios donde el físico extemporáneo no sería el yacimiento para abusar de unos poderes que sólo la fortuna gratuita de la vida le había concedido. Intentó filosofar la materia que ante ella se le presentaba, pero al final sólo restaba un sencillo hecho, el hombre fue agraciado con todos los atributos corporales que se le pueden conferir a un ser. Ella ya aceptando el hecho físico como parte de la amalgama extraordinaria que venía con la palabra desbordada, supo tomar de nuevo su compostura e inquirió con inocencia lo que a todo el mundo se le pregunta.

—No señorita, ni hijos ni esposa. Ni una novia se perfila por el horizonte.

La respuesta breve y parca sorprendió a la pasajera. Acaso sería porque el viaje llegaba a su fin o simple y llanamente se había cansado de ella. Se le depositó una amargura desabrida en la boca con el silencio inesperado. Posiblemente le había descubierto su estratagema de circunspección y ahora la usaba para maquinar su propio juego. De repente sintió que una tristeza la embargaba al no poder escuchar la locuacidad que había dado por sentado. En un par de minutos le esperaría el refunfuñante padre para recriminarle la falta de presencia de la madre. A lo lejos pudo divisar la vereda que llegaba hasta la casa. Estaba cerca a su destino y a ella nada se le ocurría para dar término a la travesía con una nota de encanto. Cuando se alistó para bajarse del carro no comprendió por qué ni de donde surgió el pensamiento, y de la nada le susurró en una voz muy queda,

—En la próxima le prometo otro ramito de flores.

A Warren se le transformó el rostro. Recuperó la vida y una sonrisa de inmediato se le reveló en la cara. Olga María nuevamente vio la luz brillar en sus ojos y un pacto muy secreto quedó sellado entre los dos. La tarde recuperó su magia azul de verano y el sendero ya no se veía tan distante.

los heliotropos del pueblo

Eugenia se quedó como una tonta mirando hacia la nada y no sabiendo que hacer. Por primera vez se encontraba sola con un mundo por delante que se le abría como una flor. Comenzó a girar su cuerpo como un carrusel para llenarse los ojos con el despliegue de colores que se le venía encima. Los balcones se desbordaban en cascadas de buganvillas que estallaban en magna fucsia, trinitarias azafranadas que se entretejían con las violáceas albinas. Decidida a cazar un arco iris nebuloso que se desprendía de uno de los balcones, sintió de repente que el suelo se le derretía. Perdió el equilibrio viéndose casi arrollada al suelo. Un mareo dulce, un éxtasis de un placer mundano que nunca había sentido antes. Se preguntó por qué un acto corriente como ver flores la había dejado en un encantamiento. Acaso fue la dicha inusitada de estar sola, de experimentar una libertad insólita que la arrojaba a un mar de sensaciones nuevas.

Recuperada de lo que pensó fue un mareo, como por un instinto que la guiaba, se vio caminando hacia donde escuchó un bullicio de gente. Voces agradables que reían con unas ganas que provocaba reírse con ellos, sin saber por qué ni para qué. Muy rápido advirtió que el lugar era la plaza pública central con sus robles tupidos de hojas verdísimas. La plaza de las enormes fuentes donde el resto del pueblo le daba con girar y girar entre los jardines y las veredas hasta formar diseños humanos que imitaban los tejidos intrínsicos de la tía Justina. La tía gustaba de sentarse en uno de sus balcones a mirar el mar mientras entrelazaba hilos dorados

155

que contrastaban con el solitario que llevaba en el dedo anular. Jugaba con el anillo como no logrando encontrar su acomodo para luego retomar su tejido que terminaría sobre una de las mesitas de caoba del cuarto de estar. Justina se colaba siempre en el pensamiento de sus sobrinas y en esta ocasión no sería distinto. Tal vez Eugenia invocaba de forma imperceptible la valentía de su tía para de esta manera enfrentarse a su nueva soledad. No queriendo mostrar su timidez campesina, tomó ruta por una de las veredas que la llevarían a los rosales amarillos, los que explotaban como soles de verano. Había divisado el banco donde habría de sentarse para disfrutar a solas y sin ser percibida por nadie, el jolgorio de la población campechana que desfilaba ante sus ojos.

Notó que a la distancia una persona la observaba como si apenas estuviera espiando cada una de sus movidas. No pudo distinguir si era un hombre o una mujer porque la obtusa sombra de los árboles ocultaba el rostro del individuo que con su mirada sigilosa rayaba en la impertinencia. Se volvió a acomodar en el banco buscando un ángulo más discreto, pero nuevamente pudo divisar por la esquina del ojo la mirada que con insolencia la perseguía. Más que el descaro del observador, le irritaba no discernir la cara que entre manchas opacas de luz apenas se dejaba ver. Ella no se sentó en aquel banquillo alejado del bullicio para ser examinada y ahora se sentía como si estuviera bajo la lupa. No supo que hacer con sus manos o su cuerpo. Procuró actuar como la distraída que miraba los pajaritos jugando en la fuente. El presentimiento le decía que la escena no la ejecutaba con gracia y que la persona estaba más que enterada de la falacia de sus actos.

Se dio por vencida ya que era obvio que las artimañas del descaro solapado del otro eran superiores a las suyas. Para su desagradable sorpresa vio como la sombra se levantó de su banco y se dirigió hacia ella, obviamente con la intención de acercarse quién sabe con qué pretensiones. Según se fue avecinando el sujeto, la sombra dejó de ser un espectro para volverse en un ser de carne y hueso. Ahora en pleno sol pudo distinguir el sexo del individuo. Precisamente era lo que se temía.

Un hombre que se aproximaba con el propósito que tienen todos los hombres. Acomodó su anillo de casada para que luciera bien obvio y no reinara duda de su estatus de mujer en matrimonio. Sería una ejecución sencilla. Ella con las piernas cruzadas y herméticamente cerradas. La falda cubriendo las rodillas y la mano ensortijada de mujer esposada descansando sobre la rodilla. El aro dorado le anunciaría a luces claras que vendría a perder su tiempo aquel admirador que caminaba como un gallo de pelea que se la veía ganada.

Observó que el hombre no perdía su trote e inclusive se le acercaba con renovado ánimo como encendido por una motivación que ella desconocía por completo. "Lo más seguro todavía no ha visto la sortija, cuando la vea se le baja el moco a ese descarado", fue el primer pensamiento de auto defensa que abordó su mente. Intentó con todas sus fuerzas mentales borrar los pensamientos atroces que se le colocaban por las rendijas del cerebro. Porque por más que parecía resoluta a no permitir una circunstancia de aquella índole, no se podía negar que en el fondo se sentía halagada del atrevimiento de un hombre en acercársele con tal desvergüenza. Fue sintiendo como paulatinamente la energía enfurecida del encuentro aumentaba según se aproximaba la persona. Las manos le comenzaron a sudar y un terrible nerviosismo se apoderó de su cuerpo. Ensayó disimular la desazón, pero la misma se agravó con el fingimiento.

Era muy tarde para retomar su compostura. Allí lo tenía frente a sus ojos con el entero desparpajo del mundo. Se sonrió ampliamente exponiendo su blanquísima dentadura como si fuese victorioso de una lid que apenas comenzaba. Lo tasó de pies a cabeza brindándole un aire de desprecio que a la vez contenía la ingeniosa estratagema de poder catarlo a su gusto y antojo. Lo primero que le impactó fue su estatura. A la distancia no había reparado en la altura del hombre porque a lo lejos la perspectiva siempre engaña. Ahora que lo tenía de cerca le costaba enmascarar la impresión que la figura espigada le causaba. Esbelto y rayando en lo fornido, la estrecha cintura se abría hacia un perfecto triángulo de hombros que descansando sobre un cuello bizarro, anunciaba una cabeza con una cabellera espesa que rabiaba de negra con tonos bajos de azules cristalinos.

No tenía porque verle la cara. De sobra se imaginaba el resto. Para qué ponerse a sufrir. "Hombres así Dios los crea para que el resto de la humanidad nos sintamos tremendamente infelices, sintiendo que en algún momento se cometió una injusticia enorme en depositar toda la belleza en un ser y dejar al resto de los pobladores del planeta en una desproporción horrible de ventajas físicas", sentenció Eugenia en su prejuicio donde sólo percibía la desventaja. Con sobrada razón sonreía el atrevido. Con dicho ensamble cualquiera se presenta al más inusitado de los encuentros. Decidió no hacer la batalla, la curiosidad venció la indiferencia y sin ponderar demasiado en lo inevitable se resolvió mirar al rostro que de seguro la dejaría absorta. Lo que vio no lo podía creer. Se sacudió la mirada para asegurarse que no era imaginación la luna creciente que ante sus ojos se dibujaba. Una luna carnosa cuya protuberancia saltaba a la vista. No había manera de no fijarse en la desfiguración que aquel hermoso rostro asomaba. Palpitante como si estuviese recientemente cosida aparecía la herida que travesaba desde el comienzo del ojo hasta el inicio de la oreja. Luna creciente roja como una rosa encarnada en un fondo de lienzo blanco como el armiño. Una cara bella pero tajada la miraba.

Sintió una pena inmensa por el rostro que había conocido una desgracia de esa magnitud. Qué la habría provocado, qué desgraciado o desgraciada poseería la maldad para desfigurar un rostro que en unanimidad sería la perfección sin aquel lastre de la vida trocando para siempre un alma que ahora se le presentaba como pura. La piel del joven, porque tomó conciencia de la temprana edad del hombre, era más tersa y blanca como las plumas de un pájaro nórdico. Los ojos profundos sembrados en un brunísimo charco de cristal opacado, tristes de una melancolía extraña, contrastaban de manera singular con la sonrisa blanca que saltaba de unos labios inocentones. El contraste dejó a Eugenia perpleja. No sabía si fijarse en la hendidura rabiosa que marcaba la cara o los ojos tristes que en alguna forma le decían una verdad silenciada, amordazada por la sonrisa que anunciaba una amistad que se extendía desde el abismo de una mano que pide auxilio.

Eugenia optó por brindarle una sonrisa que permitiera la apertura a lo que sería una entrañable hermandad, una confraternidad maravillosa que con el tiempo sólo ellos tendrían la capacidad de comprender la dimensión de su alcance. Inmediatamente notó que él estaba tan nervioso como ella. Mucha valentía le habría tomado acercarse a ella que a la distancia obviamente lucía no querer tener compañía. El instinto de mujer le vociferaba a los mil gritos que el hombre no venía con las intenciones malévolas de sobrepasarse con ella. Al contrario, percibió una serenidad tranquilizante que se asemejaba a la que experimentaba cuando se acercaba a la orilla de su amado río. El sosiego en él la invitaba a nadar en aquellos ojos profundos, inmensos de un misterio que solamente ella se atrevería a navegar con la sensación de que ante ella se encontraba un sencillo ocelo, presencia de inmensa luz y borrada de imagen juzgadora. Dictaminó la rara sensación de que llevaba años conociéndolo y que por fin podría escuchar el susurro de su voz.

—No se inquiete. Sólo quería saludarla porque se ve usted muy sola acá en la plaza.

A Eugenia le sorprendió el comentario. No se imaginaba que proyectaba esa impresión porque creyó haber fingido con destreza su soledad. Se hallaba algo perdida y efectivamente al no tener a su hija a su lado, que siempre la acompañaba a los trotes de pueblo grande, percibía un vacío grande que se manifestaba en una obsesión alarmante de observar elementos solitarios y lentamente descubría en su memoria que sí, que estaba tan sola como los objetos que cataba.

—Cuando yo primero llegué a este pueblo me sentía como perdido y ahora lo conozco como si fuera la palma de mi mano. La gente ni se diga, ya son como familia. Uno se va acostumbrando y hasta lo llega a querer. Si no fuera por esta gente ya me hubiese . . . , bueno eso no se lo digo porque usted no me lo ha preguntado. Hay que tener modales, ¿no? Y como que la gente los va perdiendo.

Una aseveración tendría que emitir, pero no sabía como abrir la conversación. Tal vez fue el aislamiento del campo en donde la plática se tiene con los árboles, los pájaros, las flores y el río que le murmuraba los secretos que conocía desde su infancia. Este joven amable pensaría que llanamente era una antisocial, precisamente una mujer sin modales. En ese preciso momento pensó en su hija y cómo había observado ese despegamiento de la gente que ella a veces también sufría. Quizás por eso se entendían. Acaso hay personas que nacen para vivir eternamente solas, encerradas en un continuo soliloquio donde la única respuesta se encuentra en el pozo recóndito de la conciencia. Disfrutaba la soledad a cuesta de perder el momento intensificador de la vida, pero en aquel instante exacto, sin comprender las ramificaciones de sus palabras, decidió aventurarse por el laborioso camino de la conversación establecida por el joven de la media luna dibujada en su rostro.

—¿Conoce usted mucha gente por estos lares?

Qué mucho se expresa con un vocablo. Un mundo se va formando alrededor de una palabra, un gesto, una mirada. El pasado se rememora al escuchar una frase que para otros es solamente unos sonidos tirados al azar. El joven no pudo más que sonreír al escuchar aquella voz. Lares, lares. Por estos lares. Recordó que la última vez que escuchó la expresión fue cuando su abuela del campo colaba café para un viajero que hacía un pequeño descanso antes de ascender a la montaña. La abuela que siempre supo su inclinación y nunca le recriminó nada. "Porque la gente es como es e intentar cambiarla es desperdiciar el tiempo preciado que llevamos sobre la tierra. Mijo no se le puede pedir peras al olmo. Te tienen que querer como tú eres y el que no quiera que siga caminando", solía decir en su voz carrasposa de anciana que llevaba la sabiduría cargada al hombro. La abuela que para cada consejo tenía una expresión, un proverbio popular, donde depositaba la inteligencia práctica adquirida por los hombres que realmente comprenden la vida.

—No sólo los conozco, sino que cada uno lleva una historia por delante como una novela que no termina. ¿Le gustan las historias?

—Depende del que las cuenta. Mi padre fue un hombre de grandes historias, o al menos eso me relata mi madre.

—No sé si me podré comparar con su padre, pero al menos la puedo poner al corriente de la intensa vida que se respira en la plaza del pueblo. Aquí cada uno es un personaje como sacado de un cuento maravilloso sin terminar. Son la fantasía hecha realidad.

—Bueno, me deja usted como picada con la curiosidad.

—Le cuento el primero si regresa usted para el segundo. Como en Las mil y una noches. Yo seré su Scheherazade y usted sólo presta oído. ¿Trato hecho?

Hacía tiempo que Eugenia no escuchaba lindas historias o las invenciones de su padre heredadas a través de su madre. Desde que se fue a hacer vida de casada sólo le llegaban las distantes voces de la radio que contaban los melodramas que hasta ella misma le costaba creer. En todo caso una respuesta afirmativa no significaba que tendría que volverlo a ver. Una mentirilla blanca a cualquiera se le hace, máximo si viene de la compasión o de un deseo oculto de aventurarse a lo desconocido. Nada tenía que perder y además había notado que por allí se paseaba mucha gente rara o diferente a la que ella estaba acostumbrada a ver en los valles del campo.

—Soy toda oídos. Me inicio con el primer cuento para que usted sea esa doñita, la Scherezade que mencionó.

—El alma de un pueblo siempre se encuentra en la plaza del centro. Por aquí pasan los que van a hacer sus diligencias, los que se verán con sus amores, los que buscan distraerse y hasta los locos, que de locos no tienen nada, vienen a esparcir sus penas y esperanzas en la plaza del pueblo. Tome usted a aquel hombre mayor por ejemplo, el que se ve muy elegante y lleva lazo dorado a lo siglo diecinueve. Se llama Mauricio Fabery. A la edad temprana de los cuatro años comenzó Mauricio a tomar clases de violín. No era mucho su talento, pero a insistencia de su madre que se empeñaba en que quería un músico clásico como hijo, el niño continuó sus clases hasta entrada la adolescencia. El joven practicaba días enteros aquí en la plaza y mucha fue la tortura que los pobres oídos de sus compueblanos tuvieron que soportar. Porque el joven no sólo era malo con el instrumento, sino que asesinaba lo que supuestamente era música. El único que podía soportar escuchar al chico era su hermano menor que durante las tardes frecuentaba las prácticas con una paciencia de Job que a todos dejaba asombrados. Lalo Fabery, que así se llamaba su hermano, se sentaba pacientemente a leer libros de versos mientras su hermano mayor asesinaba el pequeño instrumento. Lalo era un lector voraz de poesía. Se leía cantidades de libros. Los clásicos, los modernos, los nacionales y los extranjeros. La bibliotecaria del municipio hacía gestiones extraordinarias para poder conseguir libros de la capital para saciar el apetito devorador poético del joven. Nada, dos hermanos jóvenes medios raros, pero aún dentro de lo que muchos considerarían la normalidad. Pero la supuesta normalidad cambió cuando llegó María Luisa al pueblo. María Luisa, la más hermosa de las mujeres. María Luisa, la que se vestía de un dorado suave sin llegar hacer oro ni amarillo rimbombante. La niña que se paseaba por la plaza y que con sus ojos tornasol miraba a todos y a nadie. A las cuatro en punto de la tarde salía de sus clases para sentarse a mirar los pájaros que jugueteaban en la fuente. Muy sencilla la niña, como que con ella no era la cosa. Las mujeres envidiosas no podían creer la belleza de aquella criatura. De pura rabia ni siquiera se dignaban a mirarla. "¿Qué se cree esa señorita llegada de la capital con ínfulas de princesa?", comentaban las lenguas serpentinas de las más envidiosas, llenas de veneno y rabia. Ella ni caso les hacía, mirando los pajaritos como si estuviera en un trance, en otra vida, en otra dimensión. Varios adultos de esparcida sabiduría comentaban que hasta una rajita de boba tenía la niña. No todo en ella era perfección, había un poco de retraso en su cabeza linda de bucles dorados. El caso es que lo que algunos más odian, otros más quieren. Así pasó con los dos hermanos. Mauricio y Lalo Fabery se enamoraron de María Luisa, la más bella boba del pueblo.

Mauricio de la noche a la mañana comenzó a mejorar considerablemente en la tocadera de su violín y a Lalo le dio con aprenderse de memoria los poemas de amor de los grandes maestros de la lírica universal. El pueblo salió ganando de manera extendida en el lío de amores. Cada uno por su parte comenzó a dar muestras de grandes talentos que fueron desplegados de manera espectacular en el mismo centro de la plaza. Mauricio empezó a interpretar con tal ternura los preludios de Chopin que hasta el más ignorante de música clásica se ponía a llorar de sentimiento. Seguidamente entraba Lalo a treparse sobre una pequeña caja de madera a recitar con su corazón abierto los versos de Gustavo Adolfo Bécquer. Las mujeres con tantas palabras amorosas saliendo de tan lindos labios, no sabían si comérselo a besos o rendirse ante él, entregarse en cuerpo y alma al poeta del pueblo. Y todo el espectáculo para María Luisa, que se dedicaba sólo a observar a los pajaritos bañarse en la fuente oriental del pueblo. Ella inmutada, como si con ella no fuera la situación. Recogía sus libros y se encaminaba derechita a la casa, mientras en el fondo se escuchaban los aplausos del pueblo ovacionando alocadamente a los dos nuevos artistas extraordinarios que ahora tenía la villa de San Luis del Príncipe de la Rivera de Jumacao. Los halagos y los aplausos significaban para ellos nada si no llegaban hasta los oídos sordos de María Luisa. Así de excesiva fue la competencia para ganarse el amor de la niña que se fue sembrando entre ellos un tipo de odio jamás visto en los hermanos. El cariño natural que los dos fraternos sentían comenzó a menguarse hasta el punto que nació un increíble desprecio. Todo por el amor de aquella niña que ni enterada quedaba de la discordia. El transcurrir del tiempo que en ocasiones resulta ser la solución de los males trocó la situación a favor de uno de los hermanos. Parece que según fue creciendo la joven se le fue borrando la bobera y de la noche a la mañana propinó muestras de luces en el cerebro mostrando una inclinación por el dulce sonar de las palabras hermosas. Surgieron los suspiros de la niña por los versos que ahora eran de pura invención del joven poeta Lalo Fabery. Así en plena plaza pública le recitó los versos eróticos el bardo a la ya avispada niña enterándose el pueblo de los amores no tan secretos que la pareja sostenía cada vez que los padres de la niña atendían asuntos de negocios en la capital de la isla. El pueblo se informó del lunar debajo del seno izquierdo, de la manchita que parecía una península escabrosa cerca del pubis dorado, del vello rojizo entre las piernas, del entrañable dolor de la pared carnosa que no cede y otros detalles de cama y sábana que resultaron pornográficos, pero que la concurrencia disfrutaba oír, acaso por el voyerismo insaciable que todos en alguna medida llevaban en los resquicios de la memoria colectiva. La poesía se convirtió en prosa y el pueblo fue desarrollando un gusto por lo obsceno. El cura no lograba atraer a los feligreses a escuchar los sermones que enderezarían las almas torcidas por las historias que rayaban en la indecencia. La población perdía el pudor y sacaba un placer oculto de las narraciones lujuriosas de Lalo Fabery. El vecindario ahora se desvivía para instruirse del rendimiento total de María Luisa ante los requiebros del ex poeta que se había transformado en una bestia de alcoba que saciaba a diario el exagerado apetito sexual de la ninfómana del pueblo. A tal punto llegó la lascivia del poblado que un alma moralizadora tuvo que tomar manos en el asunto para lograr que la normalidad regresase al villorrio. Dos misterios resultaron del escándalo libidinoso: la desaparición incógnita de la pareja en cuestión y el nombre del ejecutor de aquella rara justicia. Muchos fueron los nombres que pasaron de boca en boca, entre ellos el del cura, los padres de la damisela y claro el más sospechoso de todos, Mauricio Fabery. Nunca se supo el paradero de la pareja, muchos comentaron que tuvieron que huir del pueblo porque fueron alarmados de un posible doble asesinato. Y allí lo tiene usted ahora, sentado como si nada, Mauricio Fabery, el violinista y el poeta oficial del pueblo. Porque a todo esto, vino a tomar la posición del hermano, el bardo auténtico de la ciudad.

—¿Usted me está tomando el pelo?—le recriminó Eugenia como si hubiese salido de un trance.

—Yo no tengo porque mentirle. Esto es tan cierto como que me llamo Javier. ¿Nunca se ha enterado usted de que la realidad es más grave que la fantasía? Pues ahí la tiene. No se olvide que para la otra tenemos cita. Le prometí ser su Scheherazade. No se vaya a olvidar de mí. Y para la próxima ya conoceré a su hija.

Javier se fue exactamente como llegó, con un halo de misterio que dejó a Eugenia perpleja. Se informó muy poco de quién era realmente. Al joven le gustaba relatar más sobre los demás que de sí mismo. De inmediato se preguntó si en aquel relato navegaba alguna verdad de él. Siempre tuvo la intuición de que el que relata una historia va revelando pizcas de su persona. Así como una máscara que oculta niveles oscuros que el individuo no quiere evidenciar. Acaso él al igual que Mauricio comenzó siendo un sujeto y terminó siendo dos. ¿O se mostró en la imagen de María Luisa la promiscua? Las cicatrices también siempre develan un suceso en la vida y el tajo en la cara tendría que hablar por mucho. Encontró peculiar como cerró su relato ofreciendo su nombre. Javier, sencillamente Javier. Y ella tan grosera no supo presentarse o fue qué el no se lo permitió. En todo caso se sintió como la antisocial que siempre pensó que fue.

Javier por su parte no se preocupó de presentaciones porque tuvo muy claro que la volvería a ver. Que efectivamente sería su Scheherazade y que poco a poco iría revelándose hasta que ella lo llegara a conocer. ¿Acaso así no eran los fortunios de la vida? En aquel mismo banco junto a su hija le contaría las tragedias y las comedias del pueblo. Porque desde un principio presintió que su futura amiga tenía una hija. Como que se le veía lo materno en el rostro. Sintió un placer curioso lleno de humor al ver la cara perpleja de Eugenia ante el acto de adivinación. Ambas quedarían enteradas de los personajes del pueblo que le daban color y vida a la comunidad que él había llegado a amar. Pero por ahora pudo divisar desde la sombra de un gran roble como su amiga abordaba el carro público que la llevaría al infierno de su campo. También eso se adivinaba en el rostro, más que en el rostro, en la triste mirada que Eugenia llevaba enterrada en lo más profundo de su esencia.

la rutina de las enredaderas

El restablecimiento de Ernesto fue lento pero progresivo. Las mujeres se dedicaron en cuerpo y alma para que el hombre retomara las fuerzas perdidas y llegara a vivificar su espíritu que lo llevaba por el suelo. Optaron por combinar los remedios caseros de la abuela con los prescritos por los médicos judíos que con sabiduría habían acertado en el mal físico. La curación consistió en sobos de alcoholados naturistas frotados con inyecciones de un líquido dorado extraño que ponían al herido a dormir como un infante de cuna. Eugenia lo amasaba como un pan enorme asegurándose que lo cubría de pies a cabeza. Inmediatamente llegaba Olga María para perforarlo con los líquidos que lo dejarían lelo, pasmado de una apaciguante tranquilidad que lo transportaba a mundos serenos. El sueño ayudaba en la recuperación porque se despertaba con una sonrisa medio desdibujada anunciando un agradecimiento tardío que rayaba en la burla.

La convalecencia fue morosa porque aunque las mujeres empeñaban toda la energía física depositada en curar al hombre, el cariño y el afecto por parte de ellas estaban ausentes. Con razón se dice que el amor cura y el resentimiento agrava el mal. Ni una sola sonrisa se dibujaba en las enfermeras al alimentarlo con los caldos de gallina vieja. Ni un gesto de ternura al servirle la leche tibia de la mañana. Los cuidados resultaban ser automáticos como si hubiesen sido aprendidos en un manual de enfermería. Entraban y salían de la recámara con una prontitud que el enfermo llegó hasta confundirlas sin llegar a tener el real aprecio de quién lo atendía. Apenas fue recuperándose de su mal, inmediatamente concluyó que madre e hija lo sanaban por pura compasión y no por un afecto que les nacía de adentro. Las acciones curativas eran medidas y marcadas como si los cuidados fueran productos de una obligación, una carga insostenible que él les había impuesto sobre ellas.

Ernesto fue aliviándose de sus aflicciones físicas, pero enfermándose de espíritu y conciencia. Su alma se fue infectando con un resentimiento avasallador que sólo podía contar las horas para verse sano para vengarse del atropello que había recibido en el monte y ahora el desdeño y la distancia fría que percibía postrado en la cama del infierno que lo maniataba de sus intenciones de venganza. La rabia se lo comía lentamente como un cáncer que no deja de esparcirse por las fibras del recelo. Las escuchaba reírse en la cocina con desenfado como si Eugenia estuviese viviendo una segunda juventud o quizás sosegándose de una nueva mocedad que la hermandad de su hija le ofrecía. Le recontó las peripecias alocadas de Mauricio Fabery que terminó siendo el poeta violinista del pueblo. La herencia de narradora le permitió incorporar sucesos no relatados por Javier como cuando el músico trastornado por la indiferencia de María Luisa lo transformó a vestirse de bohemio a la francesa. Todo para atraer la atención de la que con desdén lo trataba.

Un segundo rencor escalfaba en el entendimiento desviado de Ernesto. Posiblemente más que verlas felices lo que más encono le causaba era observar cuán independientes se habían vuelto. Manejaban los quehaceres domésticos con tanta presteza que temprano en la mañana estaban listas para atender los negocios del colmado, las finanzas y el enfermo que exageraba en sus supuestos achaques que la condición le acarreaba. El trabajo se lo echaban encima sin perder la prestancia de una hidalguía antigua. Hasta en ropa de campo y medias desaliñadas seguían luciendo una lozanía y una belleza envidiable. El campesinado disfrutaba el trato de ellas no sólo por la aparente hermosura, sino porque de ellas se desprendía una familiaridad agradable donde la sonrisa y la cortesía en gestos de cariños nacían de un sentimiento genuino que las colocaba a su alcance.

El nuevo ingrediente que las mujeres trajeron al manejo de los negocios resultó en ganancias monetarias que a todas luces tampoco agradó a Ernesto. Establecieron una rutina de tardes en las que entraban al cuarto del enfermo para explicar los asuntos del comercio y dejar depositado en una caja junto al paciente todos los ingresos obtenidos ese día. Querían que las cuentas se mantuvieran claras y que de ninguna manera pretendían lucrarse o sacar ventaja de la condición malaventurada en la que se encontraba el hombre. Supieron presentar las transacciones de forma transparente que no laxaba dudas ni sospechas. La contabilidad de las cuentas endeudadas por parte del campesinado fue diáfana hasta el punto de ponerse a explicar en lujo de detalles lo que debían y en el tiempo mínimo en que podrían saldar sus obligaciones sin intereses ni ataduras económicas.

Cada detalle financiero lo consultaban con el patriarca para no irritar el recelo y la desconfianza que eran obviamente aparentes en él. Los abarrotes que habrían de colocarse en los estantes del colmado pasaban por la doble inspección de ser notificados antes de la compra y luego examinados por éste antes de ordenarlos en las repisas. Las mujeres se tomaban la libertad de presentar los productos de forma atractiva para que la disposición de los colores fuera placentera al ojo del consumidor. La clientela se fue percatando de un nuevo aire en el establecimiento. Unas flores perfumadas colocadas sobre el mostrador de la entrada, una música instrumental suave de fondo y un ambiente ligero que permitía la visita a la tienda ser una experiencia agradable. Hombres y mujeres se paseaban por el colmado para simplemente disfrutar el aire ameno que se respiraba en la tienda. No sabían como explicarlo, era un sentimiento de concordia que invitaba al cliente a una revisita del establecimiento simplemente porque allí se sentía afable el entorno.

El tener que encargarse por completo de los negocios les confirió la perfecta excusa para justificar sus viajes al pueblo. También habría que comprar medicamentos en la farmacia Santa Ana para sanar la salud todavía quebradiza del paciente. Se le explicó a Ernesto que el hombre que vendría a buscarlas sería el taxista de siempre. Warren Brown Pedraza, taxista con mucha experiencia que era experto en las rutas más cortas al pueblo. Madre e hija se ofrecieron presentarlo con la debida semblanza de chofer que podría acarrear cualquier desconfianza de parte de Ernesto. Él rehusó la proposición reclamando que no había necesidad de aquellos preámbulos absurdos, después de todo era un simple chofer. La verdadera razón de su indiferencia iba oculta como solía encubrir todas sus intenciones. El tal Pedraza lo habría de observar de lejos para investigar los verdaderos propósitos de su disposición al querer brindarse de taxista.

La desconfianza nace de una inseguridad profunda donde se va batiendo y cociendo en caldos lentos con diversos males como lo son el celo y la envidia para dar con un resultado pernicioso que destruye la hilaza mental del hombre. Ernesto no confiaba ni en la luz que lo alumbraba. Para él todo sujeto camuflaba sus verdaderos deseos que siempre resultaban en desventaja para el que los recibía. El fin benévolo no era una predisposición natural que se obsequiaba así porque sí. Siempre una ventaja se buscaba a cambio. Eugenia lo tentó con su sexo porque llevaba una pretensión de tormento para destruirlo tomando ventaja de su obvia liviandad. La madre desde su supuesto martirio ultrajado también sacó beneficios en lucros manejables que supo negociar hasta el último detalle. Con María Cristina se entendía perfectamente. Ella sí se conocía el provecho envuelto en el negocio de la tapadera humana. Era cuestión de esperar. El Warren mostraría sus verdaderas alas y él sabría como cortárselas.

Mientras tanto se hizo el memo. La mejor arma era mostrarse el indefenso. Las mujeres llevaban la guardia baja por creerse que el enfermo no poseía el ánimo físico para levantarse de la cama para solventar las debidas cuentas. El descanso forzado le permitió advertir que la verdadera fuerza radicaba en el silencio de la araña que va construyendo su tejido entrampado desde una entraña solitaria donde nace el aborrecimiento. Quietecito desde su tálamo vacío y abandonado urdiría las sutiles cadenas donde uno a uno se postrarían sus víctimas, cayendo como indefensas moscas que ni las más diestras alas podrían liberar. La aparente laboriosidad de las mujeres era sólo un ensayo para engañarlo, para hacerlo creer que venían de una redención mayor a ellas. La mentira soslayada la había visto en sus padres que se guardaban el amor para ellos mismos sin compartir con él un ápice de cariño. Los secretos de sonrisas escondidas para encubrir un amor que sólo a ellos les pertenecía. El mundo vivía del engaño y él no era un estúpido que se creería las mentiras de las que los demás buscaban aprovecharse.

Eugenia no podía contener la alegría de que visitaba nuevamente el pueblo. De seguro en Humacao vería a su Scheherazade con su aspecto de príncipe caribeño listo para inventarse una historia de la villa que fue paraíso de antiguos y muy nobles pobladores. Olga María estaba lista para conocer al hombre que su madre había prodigado en halagos tanto por su belleza física como por su habilidad de narrar historias insólitas. El abuelo irlandés que nunca conoció se reinstaló en la memoria de la familia gracias al nuevo extraño que rememoraba un pasado no tan distante de los canarienses que fundaron la villa. Llegó inclusive a preguntarse si aquellas historias brotaban de la imaginación de un pueblo o si acaso todo era un continuo progreso circular que nacía en las distantes tierras del viejo mundo. No importaba cuál era la fuente inicial de los relatos, madre e hija llevaban las expectativas de encontrarse con unas vidas lejanas y fantasiosas que les permitieran al menos por un breve momento escaparse de la realidad de sus rutinas diarias.

Olga María venía preparando su ramito de flores compuesto de miramelindas, hortensias y cruz de maltas. Una pequeña enredadera de cohitre sostenía los tallos creando un enjambre de verdes que contrastaban con los colores brillantes de la selección. Para complementar la ristra formó una copa liviana con hojas acorazonadas que amparara de forma etérea el sentido intacto del ramo. Un selenio tamizado se reflejaba en los pequeños pétalos de cada flor. Se preguntó si Warren comprendería el significado tácito del arreglo floral que llevaba horas componiendo. Ella de pocas palabras, esperaba que el detalle expresara lo que con dificultad no podía declarar. No tenía duda de que al menos una idea se haría con el simple hecho del presente prometido que ahora le brindaba como un acto de costumbre y cortesía. Esperó que el gesto no fuera demasiado revelador, por lo menos ante los ojos de su madre que la observaba con agrado viéndola tejer y entretejer las pequeñas fibras de aquel engalanamiento.

Él por su parte sentía el cosquilleo del que guarda un secreto placentero pero que su revelación dependía del momento apropiado. Llevaba días planeando una sorpresa para ellas que realmente las sacara de la inercia rutinaria que las agobiaba. Podía percibir que cada día se alargaba con la indisposición de Ernesto. El hombre se hacía el insufrible sólo por el gusto de verlas sostener una carga donde era patente el descontento. Todo lo inquiría como si estuviese poniendo en tela de juicio la vida renovada que se transformaba ante sus ojos. Las mujeres se sorprendieron al no ser interrogadas por la presencia de Warren. Pensaron que posiblemente la actitud terca del hombre cambiaba. Que después de todo habría una esperanza bienhechora oculta detrás de la mirada fría que las martirizaba con el deliberado hecho de otearlas. No obstante, sin saber por qué, una pequeña sospecha se sembró como un fiero temor en el pensamiento de Olga María. Intentó persuadirse de que sólo era una desconfianza sin fundamento, que lo importante era celebrar este momento donde por fin podría liberarse de su padre por unas horas.

Unos minutos, unas horas de felicidad, valen una eternidad para el que no conoce el sencillo bienestar de poder albergarse a una vida en paz. Warren comprendía este precepto de avenencia que a todos solía escapar. Sintió un deseo incontrolable de estallar y declarar la sorpresa para así verlas felices de una vez. Pero supo que el momento no era indicado. Habría que esperarse a que llegara el instante oportuno para que realmente fuera la maravilla que él había planeado. Con su caballerosidad de siempre, les abrió la puerta del coche esperando a que se acomodaran de la manera que más les agradara. Cada una tomó una ventana como esperando que ante ellas se abriera un mundo nuevo. Un telón que se deslizara y que ante sus ojos se asomara un ensueño que las habría de transportar a un tiempo eterno donde la maldad no existiría. Warren por fin pudo suspirar porque ese viaje ya estaba en sus manos.

la atalaya de las rosas

Olga María se puso a jugar con el ramito de flores y no sabía como ofrecérselo a Warren. Por más que cavilaba no se acordaba cómo fue que se atrevió a brindárselo la primera vez. Acaso en aquella ocasión fue puro impulso y ahora el exagerado raciocinio no le permitía desprenderse del arreglo floral que había ornado con tanto esmero. Qué pensaría de ella. Esta niña no tiene otra distracción que hacer tonterías de pétalos y hojas. Igual debe de tener la cabeza, hecha un torbellino repleta de naderías. Miró por la ventana para ver si en el poniente encontraba la solución a su dilema. Nada, simplemente no se lo presentaría. De repente, sintió que una mano dulcemente desprendía el ramo de su mano. Su madre, que venía observándola, sabía que ella no se aventuraría una segunda vez. No estaba en su naturaleza. Tomó las flores con extrema delicadeza y con una sonrisa entre pícara y maternal se las pasó a Warren.

—Mi hija tiene mucho talento para estas cosas. Ojalá que le gusten.

Con estudiada solicitud casi rayando en el esmero, colocó las flores sobre el tablero de instrumentos. En una mirada furtiva, lindando en la timidez, miró por el retrovisor y vio a Olga María todavía con los ojos enterrados en el poniente como si el gesto de su madre la hubiese puesto al descubierto. Pensó que tendría que comentar un acierto para que ella luciera favorecida y ninguna sospecha quedara entre la madre y la hija.

—Esto es muy bonito. Gracias Eugenia.

El agradecimiento verbal fue dirigido a la madre, pero la verdadera gratitud del afecto fue encauzado a la hija que en ese preciso momento vio cuando Warren la miraba por el espejo con una sonrisa de oreja a oreja como si fueran cómplices de un misterio sólo de ellos. La madre se hizo la desentendida como si no tuviese la menor idea de lo que estaba pasando. No quería o pretendía causar un incomodo entre los dos seres que se comunicaban un silencio de palabras que los apartaba del mundo inmediato. Un mundo en el cual únicamente ellos eran capaces de entenderse. Aquel instante eterno le pertenecía a su hija. Ella no era quién para robárselo. Se iniciaba en el sentimiento y eso le pertenecía solamente a ella. Para sus adentros otra era la verdad que Eugenia concebía. Llevaba una sonrisa interna y placentera que sólo ella era capaz de comprender.

Eugenia, observadora atenta, notó que los árboles eran más verdes que los acostumbrados a ver en su travesía hacia el pueblo. Igualmente fue advirtiendo que la carretera tomaba unas curvas extrañas distintas a la vía recta que se paseaba por la costa en dirección al puerto. Sintió de súbito un leve zumbido en el oído izquierdo causándole un vértigo punzante. La sensación del mareo insólito le indicó que efectivamente ascendían por un camino nuevo, un trayecto donde los colores se transformaban según se elevaba la carretera. Eugenia le propinó un buen pellizco a su hija para que saliera del trance que la mirada del espejo le había causado. La madre le exhortó con unos ojos abiertos y expresivos que observara por donde las llevaba. Olga María abrió a medias la ventana y a lo lejos divisó una bruma espesa que se acercaba. Eugenia conteniendo un poco el miedo y demostrando que de parte de ellas no había temor alguno, expresó su interrogante con firmeza.

—Warren ésta no es la carretera que nos lleva al pueblo.

El taxista deduciendo que no podría ocultar su sorpresa, comenzó a explicarles el viaje que emprendían para que no se alarmaran. Les aclaró que efectivamente ésta no era la carretera acostumbrada, sino una alterna que las travesaría por los bosques fluviales de las montañas desembocando en el pueblo de la costa. En fin, una forma distinta de arribar al pueblo. Olga María se percató inmediatamente de la sorpresa que les había preparado Warren. En una ocasión le había comentado al joven de lo misteriosas que lucían las montañas lejanas cubiertas de niebla noche y día. Él le había explicado que el fenómeno no era niebla sino lluvia, llovizna ingrávida de los bosques. Eso de ingrávida no lo comprendió y él le explicó que era lluvia que no se sentía. Sólo las plantas y los árboles poseían la capacidad de percibirla. Él le prometió que si la ocasión lo ameritaba, él mismo la llevaría para que viera con sus propios ojos la lluvia ingrávida de las montañas.

Había cumplido su promesa. En el pequeño automóvil ascendían en dirección al cielo esmeraldino donde las nubes etéreas se desvanecían por las laderas de los montes. Olga María supo hacia donde se dirigían. Al paraíso de las flores. Inmediatamente le susurró una noticia al oído de su madre y ésta suspiró como si se hubiese liberado de una gran carga. Se reclinaron con una paz sosegada en los espaldares de los asientos como esperando si ante ellas se abriera un mundo inusitado y maravilloso. Se encadenaron las manos y comenzaron su rito de jugar con los dedos de cada una. En el gesto de ternura había un secreto envuelto que sólo ellas eran capaces de comprender. Un pacto de vida que las transportaba a un mundo infinito, a un mundo sólo de ellas. Warren permaneció silente sabiendo que aquel momento no le pertenecía. Que no todo se puede compartir porque el tiempo y el espacio poseían sus instantes de capricho.

A los pocos minutos las mujeres salieron de su trance y se enfrascaron en la tarea de disfrutar el bosque fluvial que se abría ante sus ojos. A medida que ascendían los tonos del verde se estrenaban en matices diversos. Lentamente el verde se fue oscureciendo hasta convertirse en un negro estallante que desprendía diminutas partículas estelares. Warren les explicó con entera seriedad que los destellos eran los ojos de los antiguos pobladores que lograron escaparse del genocidio cometido cuando llegaron los isleños del continente africano. Apenas llevaban cinco siglos morando por estas tierras. Tan formada había sido su adaptabilidad que poseían la capacidad natural de camuflarse entre las hojas. Como camaleones extraordinarios sus pieles gozaban de la virtud de la mimesis, de transformarse a cualquier color que se les antojase. Fue enfático cuando reiteró que no tenían porque alarmarse de su presencia ya que no eran conocidos por hacerle daño a nadie. Al contrario, más que nada gustaban de curiosear y luego desaparecían cuando se aclaraba la niebla.

—Warren, ¿y usted nos toma por tontas?

—Yo les cuento la verdad, la purita verdad. Allá ustedes si no me quieren creer.

Al parecer la desconfianza mostrada por las mujeres no lo desanimó en continuar su relato. Los seres eran realmente singulares no sólo por su capacidad de integrarse al ambiente, sino porque vivían en las aguas subálveas, en los laberintos de las cavernas intrincadas donde nacía a borbotones el río. Sólo los más audaces habían conseguido sumergirse a las profundidades temerosas donde una especie de claridad mental causada por una extraña hiperestesia se apoderaba de los sentidos creando de esta manera una sensación liviana que se aproximaba a la muerte sin dolor. No era de extrañarse que aquellos impulsados por el suicidio sintieran una atracción incontenible de bucear hasta lo más abisal de las grutas subterráneas donde pretenderían asentarse para siempre. Allí en una danza de movimientos amatorios los residentes recibían a los visitantes extendiendo sus brazos en un conjuro de colores cristalizados. El éxtasis era tal que muy pocos triunfaban en ascender de aquel paraíso acuoso.

Olga María supo que el relato improcedente conduciría a su madre por un camino escabroso. Reparó como su rostro cambió de color al escuchar lo que aparentemente parecía una fábula inocente. Ella de pocas palabras, precisaba en aquel momento exacto desviar la conversación a otros rumbos. No se le ocurría un aparte. Ni siquiera una bobada para suministrarle un giro definitivo al relato. Por fin se ideó de una interrogativa que lo llevaría a departir en asuntos menos espinosos.

—¿Y cómo sabe tanto de este lugar?

—Aquí se viene a soñar. Y en cada sueño hay una verdad. El lugar te habla, te lo dice todo.

—¿Y cómo sabe que le están hablando?

—Porque el lenguaje no es la palabra, es el sentimiento.

—Se ha puesto usted muy poeta.

—No hay que ser poeta para entender estas sutilezas.

La última palabra la tuvo Olga María expresada en forma de sonrisa pícara. Con ese gesto suavemente revelado en la curva de la mejilla mostraba su doble triunfo. Por una parte, había desviado el relato que habría de torturar a su madre y por otro conseguía liberarse del silencio en el que ella misma se había enterrado. Encontró irónico que un acto de salvación se convirtiera a su vez en el momento de su liberación. Eugenia quedó boquiabierta de ver a su hija aguerrida. Nunca la había visto tan parlanchina defendiéndose con una pronta respuesta para salir airosa de la situación debatida. Fue tal la estupefacción que hasta se olvidó del relato onírico que llevaba Warren, precisamente lo que su hija pretendía. Los tres salieron gozosos de las pocas palabras de Olga María. Warren iba enaltecido creyéndose portavoz de la última palabra, honor concerniente de ser hombre. Las mujeres descubrían la felicidad de sentirse libres al menos por un breve instante.

La carretera se fue estrechando y el bosque se fue abriendo. Las palmas prehistóricas se explayaban como abanicos aterciopelados. El rocío se posaba sobre las minúsculas hojas de forma perenne como si el sol jamás poseyera la capacidad de secarlo. Los helechos de forma gradual se trepaban por los troncos hasta coronarse en los moños de los palmares. Desde aquel reino oscuro de verde apasionado se disparaban las orquídeas fantasmas con pétalos tan níveos que parecían palomas blancas inmovilizadas por el conjuro del viento. Por el suelo se esparcían las balsaminas en su trueque de corolas que se intercambiaban de rojo a púrpura elevado. Una alfombra de miramelindas amarillas arropaba la tierra mojada donde resaltaba el musgo platino de la mañana que se adhería a las rocas. Las alpinias en sus conos rojos langostinos fulminaban un fuego dorado poniéndose en competencia con la más atrevida de las flores, la heliconia suprema, por algunos llamada el ave del paraíso. Solemne y altanera, abría sus alas para levantar su vuelo sobre el bosque que aún se bañaba en la escarcha fluvial de la montaña.

Para lucirse en sinfonía mayor el bosque se dio por cantar. Los coquíes minúsculos como la uña del dedo meñique anunciaban su canto de ranita enamorada. Apenas el verde dorado del sapillo se perdía en la hoja del yagrumo que se plateaba por un lado mientras lucía su color cetrino en el adverso. Las cotorras con sus pechos aceitunados y sus alas pintadas de un lapislázuli chocante saltaban de rama en rama perforando el aire con sus gritos lujuriosos pregonando al mundo que eran las dueñas del paraíso. El viento se mecía en torbellino con el aleteo desenfrenado que llevaban los guaraguaos haciéndose los amos del cielo y la tierra. Olga María siempre se fascinaba de la fuerza que expresaba el halcón de pecho rojo que se jactaba de una fuerza embrutecida, pero cuyo vuelo era la esencia misma de la belleza. El solemne concierto de sonidos disonantes que allí se rindieron no aplacó al más potente de los estruendos que bajaba de los árboles. De repente en un rugir enloquecido, el río se mostró como el verdadero señor de aquellas tierras que apenas comenzaban sus cantos. Al las mujeres escuchar el estrépito sintieron la debilidad entrarles por los huesos y poco faltaba para que se pusieran de súplicas ante Warren que ya se lo imaginaba venir.

—¿Se podría usted detener para ver al río? Es que tenemos que . . .

—Por un momentito Warren. Se lo rogamos. Es para ver si . . .

Las mujeres perdieron la capacidad de terminar sus frases con un ápice de inteligibilidad como si una fuerza sobrehumana se hubiese apoderado de ellas y les restara la razón. Nunca las había visto de esa forma. Parecían dos chiquillas desequilibradas que no podían contenerse en sus cuerpos. Saltaban de sus asientos como marionetas tiradas por un resorte que alargaba sus cuerpos hasta chocar con la capota interior del coche. Procuró calmarlas, pero nada. Ellas desazonaban como ahogadas en una sensación de sobresalto que les causaba una felicidad insólita. Un poder extraño se había apoderado de ellas. Les indicó que en cuanto encontrara un espacio para estacionarse podrían liberarse de lo que ahora resultaba ser su prisión. Afirmaban con sus ademanes que sí, que cualquier cosa por salir del coche. Ante sus ojos, Warren había visto la transformación de dos mujeres sosegadas a dos niñas desvariadas, seducidas por un río.

Salieron disparadas del automóvil en dirección del que las llamaba. Entre saltos agigantados y un trotar aligerado volaban como dos gacelas flotando por el aire. Se apresuraron al río fingiendo una falsa civilidad, procurando caminar decentemente como lo que se esperaba de ellas, pero el afluente era más poderoso que ellas. Según se aumentaba el caudal, el llamado resultaba apremiante y la seducción enloquecedora. Llegaron con su silencio de sacerdotisas ante una de las pequeñas cascadas y se quedaron hipnotizadas con el murmullo de las aguas. El líquido cristalino se desbordaba por las rocas negras pulidas como minúsculos diamantes transparentados por la luz de la mañana. Se sentaron sobre uno de los peñascos para apreciar con detenimiento la maravilla que se develaba ante sus ojos. Warren se les acercó cautelosamente para intentar comprender cuál era el prodigio que embrujaba a las mujeres.

—Esto es increíble, realmente increíble. ¿Verdad Warren?

—Yo sólo veo un río.

Quedaron atónitas de la tamaña aberración que había aflorado de la boca de su amigo. Decidieron perdonarlo en aquel momento indiscreto porque tal vez también iba hechizado sin tener conocimiento de ello. Warren reparó de su imprudencia y se sumergió a la tarea de observar intensamente al río para ver si la maravilla se le escapaba. Nada. Mucha agua y plenitud de rocas. Volvió a mirar con la misma vehemencia y de repente le pareció ver unos rostros burbujeados mostrando unas sonrisas desmedidas fundidas en oro esmaltado. Se frotó los ojos para convencerse de que lo visto era producto de su imaginación o el deseo excesivo de querer complacer a sus amigas. Ellas se miraron como cómplices en vela y se echaron a reír de lo estupefacto que había durado Warren. El joven se levantó medio enojado y se retiró para observarlas de lejos, después de todo esas eran locuras de ellas y no de él.

Eugenia comenzó a jugar con la corriente del agua como si una idea descabellada la tentara a cometer una diablura. La chiquillada la fue maquinando con los pies que formaban círculos intrincados con un punto aderezado en el centro. Con la planta borraba el esbozo para luego crear uno más complicado que el anterior. Olga María observaba con detenimiento y asombro las hermosas circunferencias que dibujaba su madre con el índice del pie. El ballet acuático la puso en un trance que le permitió relajarse por completo. Aflojó los músculos de la espalda y esparció las piernas para entregarse al reposo físico que le brindaban las aguas. Cerró los ojos para concentrarse en la música de los pájaros que entonaban un silbido cristalino que se perdía en la distancia. Una paz insondable se apoderó de su cuerpo permitiéndole entregarse a la serenidad que el momento agradable le regalaba. Inesperadamente, de la forma más abrupta, abrió los ojos ante el impacto de su nuevo paradero. Había caído en el río de un tirón que su madre le había dado.

—Eso te pasa por boba. ¿A quién se le ocurre dejarse engatusar por unos pies?

—Ay mamá, ésta sí que me la pagas en grande. Ya verás.

Se abalanzó sobre su madre como una fiera que sumiría hasta el fondo de la poza. Eugenia respondió con ingenio zafándose de los brazos de la diestra nadadora. Como dos delfines acróbatas, sumergían y emergían de las profundidades del río con nuevos bríos de victoria. Una intentaba alcanzar a la otra en largas vueltas por la charca helada. Las energías de las ondinas no cedían a una derrota fácil. El agua fría no les restaba furia a las competidoras que portaban las pieles enrojecidas de brazadas interminables que pulsaban resistencia con cada movimiento. Las dos mujeres lidiaban una batalla descomunal donde no se sabría quién resultaría victoriosa. Por fin la madre se caducó porque el aire le faltaba, los pulmones claudicaban y el agua pesaba. La contrincante se aprovechó de la ocasión y se arrojó sobre los brazos de su madre. En un apretón cariñoso la avasalló a besos como trofeo de su éxito.

Así se abandonaron al placer de flotar como dos diosas marinas. Con los vestidos almidonados, encrespados y saturados de agua, ondeaban como dos banderas en multicolores de pasteles claros anunciando una pequeña locura que Warren ni siquiera intentó comprender. Las medias blancas se llenaban de burbujas creando una especie de bolitas infladas ofreciendo la apariencia de que la piel se cubría de abscesos a punto de estallar. Los cabellos ensortijados se entrelazaban causando el efecto de unas serpientes desorbitadas que se dejaban arrastrar corriente abajo. Sobrenadaban en círculos perfectos no perdiendo el ritmo de las estelas para que la serenidad fuera el mayor gozo de aquel momento. Para completar el regocijo extrahumano, se entrecruzaron las manos para comenzar el juego de los dedos que comunicaba la felicidad que ellas sentían y que no había necesidad de expresarla en vocablos nimios. Sólo un breve comentario quedó suspendido en el aire como forma de agradecimiento al que las había llevado a su paraíso.

—No está mal el Warren. ¿Verdad?

—Está bien el Warren.

La purificación se había efectuado y era hora de salir. Como dos anhingas maravillosas nadaron hasta aproximarse a las grandes rocas donde depositaron sus cuerpos para secarse al sol. Las marbellas secaban su plumaje y el almidón de sus prendas se encrespaba con el fuego del sol. De manera autómata estiraban las telas para que éstas fueran tomando su lugar y así lucir planchadas. Las dos aves humanas se rendían como ofrendas florales al templo de la selva. Dos figurillas de porcelana cosiéndose a fuego lento. Warren no acababa de comprender el ritual sacralizado por las cormoranes de la ribera. Las mujeres habían pasado por la danza de sumergirse y desaparecer ante sus ojos, para luego reaparecer como si nada. Allí yacían sobre el negro peñasco restableciendo sus composturas como si él nunca hubiese estado presente en el bosque. Ellas sabían escaparse a un mundo donde sólo la audiencia de sí mismas era el factor que las mantenía unidas. De repente Olga María interrumpió el silencio para inquirir un permiso que llevaba rato tramando.

—Mamá, ¿doy un paseo con Warren?

—Sólo un paseo porque las bromelias están en flor.

Cuando el joven vio a la muchacha acercarse se le subió el ánimo. Por un largo rato pensó que había sido descartado de la sorpresa que había preparado para sus amigas. La vencedora de la carrera en el río se había secado por completo. El cabello le brillaba y los ojos se habían tornado serenos. En un gesto tímido le indicó con la mano izquierda una vereda tupida que prometía un follaje iluminador. El compañero en un ademán negativo le apuntó hacia otro camino que ascendía hacia el páramo del bosque. Cualquiera se hubiese imaginado que eran dos mudos ya que ella le respondió de manera afirmativa moviendo la cabeza de norte a sur. Él con la mano le cedió el paso para tenerla a su lado. Apenas montaban cinco minutos caminando cuando Olga María descubrió un caracol diminuto que parecía una trompeta. Se lo puso al oído a su amigo y éste comenzó a silbar, tal vez intentando imitar el sonido que escuchaba. Ella lo corrigió mostrándole un tono más alto. El silbido se volvió un coro y la música creada por ambos infundió el paseo de un misticismo placentero hasta que la niña cesó la melodía para expresar una duda.

—La primera vez habló mucho. Hoy apenas ha dicho una palabra.

—Es el bosque. Se impone. Te deja mudo.

—Debe ser que tiene muchos secretos.

—El bosque está lleno de misterios. Te cuento uno. No, mejor te lo muestro.

Se adentraron por una vereda estrecha donde el verde de las hojas cambiaba según se las miraba. El ángulo, no el sol o la sombra, determinaba el verde que la hoja habría de adquirir. La magia dejó a la muchacha asombrada. Determinó muy convencida que lo que presenciaba no era un misterio sino una maravilla. Para mayor sorpresa, Warren le animó a que observara debajo de las pequeñas hojas que permutaban su color. Olga María con mucho cuidado levantó la hoja para luego descubrir un fruto rojísimo que sin lugar a dudas debiera ser como una fresa silvestre de los montes. Warren se echó la primera fresa a la boca y ella lo imitó, confiando por completo de su acompañante. Así fueron desapareciendo los frutos encarnados a su alrededor hasta que se decidieron emprender por otra vereda donde Warren le mostraría lo que verdaderamente era un portento del bosque.

Ascendieron lentamente por un camino que se estrechaba en la distancia donde unas inmensas rocas volcánicas brotaban del suelo en señal de que el terreno se pondría escabroso. La subida fue cortando el aire de los pulmones obligando a los caminantes a respirar sólo lo necesario. Cuando por fin llegaron a un pico que se presentaba desnudo de floresta, Warren señaló hacia el poniente para que Olga María divisara uno de los prodigios que le había prometido. La joven no esperaba ver el deslumbramiento que se develaba ante sus ojos. No lo había escuchado rugir y por lo tanto la sorpresa de aquel manto de agua resultaba inconcebible. Desde una cresta aún más elevada se desplomaba una catarata en tres caídas que atomizaba el aire con un rocío imperceptible a la mirada. No pudo contener su asombro y dejó caer la quijada como en acto de sobrecogimiento.

—Es *El velo de novia*. El que cae ahí jamás regresa. Así de bello, así de mortal.

—¿Y por qué no se escucha?

—Lo suyo es todo en silencio. Sólo el misterio lo define.

—¿Cómo se llega a él?

—No me conozco bien el camino. Muy pocos se lo saben y muchos son los que se pierden.

Warren le extendió la mano para dirigirla a otra vereda que los llevaría a la cúspide de la región que visitaban. En su ascenso premioso apreciaron como la topografía iba tornándose radicalmente a un aspecto más agreste. La espesura de la selva tropical ahora quedaba atrás y ante ellos se asomaba un boscaje de árboles enanos raquíticos que apenas mostraban señales de vida. El pasto se había vuelto pajoso y una inmensa niebla se colaba por las raíces descubiertas del forraje. Según alcanzaban la cima del páramo, la neblina se fue transformando en una llovizna constante que calaba los huesos. Sintieron un cambio abrupto en la temperatura cuando un viento los azotó por las espaldas. El aire se puso helado y el cielo se abrió en granizadas. Los alfileres de hielo comenzaron a perforar la piel creando a la vez una sensación de tortura y placer.

El guía animó a su compañera a que aligerara el paso ya que se encontraban bastante cerca de una torre que los refugiaría de la tormenta que en aquellas partes siempre resultaba pasajera. Llegaron hasta lo que parecía un fortín donde tuvieron que guarecerse sólo unos minutos antes de que la borrasca pasara. Efectivamente, al rato cesó la tormenta y sólo quedó una extraña fosca que no anunciaba grandes estruendos en el clima. La atalaya, un adefesio de la arquitectura colonial, contenía en su centro una escalera en caracol que ascendía hasta lo alto de la torre. El espiral metálico provocó la curiosidad en los amigos y se animaron a subirlo. A cada diez escalones surgía un rellano donde se podía apreciar unos rosales hermosamente esbozados, dibujados por algún artista que no desmerecía en talento. El jardín era un edén metafórico con rosas de diversas índoles donde la apasionada carmesí se destacaba entre las más tímidas. Un mural de capullos, botones y flores sonrosadas ascendían a la cúspide de aquella torre. La duda se sembró en ellos, de por qué se le ocurriría a aquel artista anónimo pintar un bello vergel en un lugar tan desolado, tan desgarrador.

La rosaleda se volvió más intrincada según se fueron acercando a la última plataforma donde quedaba la torre completamente expuesta a los elementos de la naturaleza. Desde la elevación infinita sólo podía verse un cielo gris azulado expandirse a través de toda la circunferencia de la torre. El frío se volvió acogedor brindando una liviandad a la piel que por un instante los hizo sentir que flotaban en el aire como nubes algodonadas. Olga María extendió la mano para acariciar el espacio cobalto que se espesaba sobre ella. Cuando la regresó a su pecho estaba empapada de un rocío ligero que se asemejaba a la llovizna caída sobre las minúsculas hojas de los helechos. Advirtió de que efectivamente estaba tocando una nube pasajera que descendía de la bóveda celeste que la coronaba. Warren la había traído al paraíso donde se originaba el reino del agua. Un rendimiento místico se apoderó de ella y supo que aquel instante era más preciado de lo que ella misma se imaginaba. Ahora sólo les esperaba la inmundicia solitaria de la tierra. Ahora ya nada sería como el paraíso de agua que los coronaba.

los alhelíes de la memoria

Eugenia los esperaba dentro del coche planchadita, sentada pacientemente con las manos descansando sobre su vestido de rosado antiguo. Emanaba de ella un aire de inocencia como si hubiese sido acrisolada por una tenue serenidad. Causaba la impresión que se había sumido en una meditación donde ella era el centro de una luz pura. A lo lejos, la hija observó que su madre musitaba una breve letanía de breviario ajado en el tiempo. Se acercó para poder escuchar mejor el bisbiseo que bañaba a su madre de una paz completa. Al yuxtaponer su oído contra el cristal pudo captar los sonidos que resultaban ser un responsorio indescifrable.

—¿Y habrá valido todo esto? No lo sé. Porque cuando todo se acaba, ya nada vale excepto el canto y la flor. Y ya nada vale, excepto el canto y la flor. El canto y la flor. El canto, el canto. La flor, la flor. El canto y la flor.

Intentó con sumadas fuerzas encontrar el álveo del estribillo, pero había una cerradura puesta detrás de la reiteración. Sabía que lo había escuchado antes, tal vez en una de esas canciones de amor que gustaba cantar su madre cuando se ponía triste. Una canción lejana y melancólica que le permitía reconciliarse con un pasado desgarrador donde el rosado antiguo de su vestido seguía inmerso en la inocencia de su vida. Olga María no pudo contenerse y despertó abruptamente a su madre con el deseo de descodificar el canto extraño que se movía en sus labios.

—¿Qué dices mamá?

—Nada niña, bobadas mías. ¿Y cómo andan las bromelias? ¿Siguen en flor?

—Madre usted no cambia. Siempre me contesta con otra pregunta.

Warren que había aprendido cuándo guardar distancia de las mujeres, supo que aquél era el momento de irse y así se lo indicó a las pasajeras. Abordó el coche encubriendo su propio misterio dibujado en una sonrisa entre pícara y candorosa. Decidió encender la radio para descargar un poco el ambiente porque el aire andaba pesado. Giró el botón de sintonización buscando una melodía que fraguara la atmósfera. De una estación popular, una bolerista ronca surgió de las bocinas recordándoles a los pasajeros que ellos eran cómplices de un mismo misterio: *Amor que por demás eres ajeno/que vienes a mis brazos generosos/sabiendo que es mortal este veneno/que brindas con tus labios primorosos/jugándote la vida en un beso/ amor travieso, ajeno y peligroso.* Algo de verdad cantaba la mujer en su carrasposa voz donde el peligro y el veneno de la vida venían unidos de la mano. Comenzaron a entonar con ella presagiando de esta manera una valentía de fuerzas.

El descenso fue disipando la niebla y ante ellos se exponía un valle que a la distancia esbozaba el perfil de la costa. Los árboles con sus ramas extendidas se agigantaban al paso de la carretera. La travesía se fue envolviendo en una sombra cetrina que a la vez creaba el efecto de un viaje sin fin por un túnel verde colado de partículas doradas que apenas traspasaban las tupidas sombras de los flamboyanes. De aquel paraje umbrío fue surgiendo el anuncio de la ceiba en flor que disparaba a lo lejos destellos fulminantes de su capullo rojizo. Olga María reconoció su árbol predilecto, el colosal entre los titanes cuyo amplio tronco e inmensa copa albergaba una infinidad de pájaros y plantas. Sabía por conocimiento de la tía Justina, que el majestuoso árbol sólo brindaba su flor cada cinco años. Por intuición o deseo propio, sintió que el valle costero se aproximaba y que su adusto árbol, la ceiba milenaria de las flores ensangrentadas, sólo era indicación de que el valle se abría con su metrópoli.

La carretera se amplió y las curvas del camino de la montaña se enderezaron. Una vía recta desembocó en la ribera de un río que los aballaría de forma paralela hasta la villa de Naguabo. Entre el asfalto abrillantado por el rocío y la quebrada sonora con sus enormes rocas pulidas por las lluvias, sólo los dividía una pared infinita de bambúes que se alargaba por el contorno del valle esparcido por las nuevas hierbas. El pueblo se fue anunciando con sus pequeñas casas pintadas de verde, amarillo y rosado. Una tristeza lenta de pueblo viejo se percibía en el aire en el poblado donde la lluvia era perenne y las calles se mantenían desiertas a causa de la llovizna que no cesaba. En cuestión de minutos atravesaron la plaza con sus robles centenarios para nuevamente desembocar en la carretera principal que ahora seguía el perfil de la costa. Los palmerales se abrieron como abanicos y ante ellos se descubrió el mar con su descarado azul, recordándoles que el ensueño de la montaña encantada y endiosada por el mito se desvanecía con el impacto arrollador de la marea y el viento. El mundo de la vida salitral les aderezó la piel y ahora sólo la línea recta de la playa escoltaba al coche a la ciudad que los recibiría con sus ruidos de población en perpetuo movimiento.

La plaza de recreo de San Luis del Príncipe de la Rivera de Jumacao se presentó en su eterna belleza. No hubo mayores afeites que el esplendor de una primavera en su delicado apogeo. Los árboles lucían perfectamente redondos con cada diminuta hoja conspirando para bloquear el sol que a duras penas lograba colarse. A la distancia pudieron divisar las colinas suaves que circundaban al pueblo, estableciendo los límites reales de lo que ellas una vez pensaron como una ciudad inmensa. El coche se fue acercando lentamente a la parada de los vehículos públicos donde algunos pasajeros nerviosos se preparaban para dar salida a su largo viaje que podría dirigirlos a la capital o algún otro pueblo que sería escala menor a su destino final, viaje que podría tomar días a causa de los tropiezos iniciados por la inclemencia del tiempo. Eugenia sintió una pequeña alegría invadirle el cuerpo, ya fuera por la idea de encontrarse en pueblo grande con su gente alborotada y dispersa o el escondido deseo de escuchar otra leyenda que perfilara aquella urbe de los misterios donde cada habitante era protagonista de una historia colectiva.

Lo primero que los jóvenes observaron fue el efecto de carrusel que se infundía en la plaza. El paseo en círculo de amigos y familiares creaba núcleos en movimiento obrando el efecto visual que el parque central resultara más amplio de lo que en realidad era. Se percibía un aire de gran ciudad en el centro, aunque la concurrencia era gente de pueblo cuyas pretensiones metropolitanas podían engañar al más cauto. Entre el enorme gentío los tres amigos se fueron colando hasta desaparecer por completo. Eugenia se había aprendido los nombres de algunos de los personajes locales que se distinguían por sus peculiaridades o sus vidas tintadas de un color especial. Con el conocimiento a mano le fue indicando a sus dos acompañantes aquellos que eran los más destacados del pueblo. Primero ojeó a don Vince, el que pregonaba los dulces de batea a ritmo de verso asonantado y amante voluntario de las viudas en pena. Cada entristecida viuda podía encontrar consuelo perenne en los brazos consoladores de don Vince. No les fallaba ni en la cama ni en el recuerdo del difunto. A su diestra se podía ver a Nicolás el electricista, comediante de la villa que contaba chistes mientras ofrecía sus servicios de cablería positiva y negativa. Los chistes de color subido los contaba por la noche para que las parejas fueran calentando los motores y las corrientes eléctricas de los nervios estuvieran predispuestas. Por una esquina de la plaza divisó a Materia, el experto en problemas mentales que rompía los cocos con sólo verlos. Este psicólogo de pueblo poseía la habilidad de extirpar locuras, especialmente aquellas que radicaban en las manías obsesivas como lo eran la gula y la lujuria. Finalmente también señaló a don Castillo, el curandero espiritual que sanaba los males sexuales que los médicos expertos de la clínica Ryder no conseguían remediar. La impotencia y la frigidez nacían para él de la misma fuente, la inhabilidad de quererse primero. A sus pacientes los iniciaba con el tratamiento de la masturbación, graduándolos finalmente en la satisfacción del otro. El elenco pueblerino con sus diversas especialidades resultó en una explosión de risas para Olga María.

Entre los presentes Eugenia esperaba encontrarse con el amigo que había imperado como el cronista del pueblo. Buscó a Javier con una mirada panorámica y escudriñadora. Barría con sus pestañas cada banquillo, cada arbusto, cada fuente coronada con sus arbustos en flor. Un presentimiento inexplicable le indicaba que andaba por la plaza y en el momento oportuno toparía con él. La mirada deambulaba perdida por distantes partes cuando de repente sintió una palmadita en el hombro izquierdo que más bien se asemejó a una caricia que a un acto que exigía la atención. Se volteó rápidamente como intuyendo el contacto para verificar que efectivamente era él, el relator de las peripecias del pueblo, el que la había cautivado como liante de aquella villa de los misterios. No sabiendo de dónde surgió el impulso arrollador, se lanzó sobre él abrazándolo como si llevara años en una amistad solícita que sólo la intimidad del tiempo permitiría la expresión desbordada de cariño. Javier le zampó un beso en la mejilla para que supiera que el afecto era recíproco.

El despliegue de sentimiento permitió que Olga María y Warren entraran en confianza de inmediato. Sintieron que la dilección de la madre hacia el hombre era genuina y había que confiar en ella. Eugenia no era de expresar su afición desbocadamente y cuando lo hacía iba en ello depositado un lazo irreducible que expresaba un apego más allá de la amistad de los sentidos. Sin grandes preámbulos fueron presentados ante el nuevo amigo que los recibía con un gran abrazo como si los conociera de años. Un semblante de sonrisas se cinceló sobre los rostros de los jóvenes que en alborotada juventud disfrutaban la compañía de cada uno. Formaron su propio núcleo y como por instinto de sociabilidad se animaron a la tarea de caminar por la plaza para girar con el resto del pueblo que buscaba amenizarse con el gusto de las palabras. Eugenia abrió la conversación comentando lo hermosa que lucía la plaza, lo feliz que la gente paseaba en un día de entre semana.

—Bueno la ciudad del príncipe no siempre ha sido hermosa y feliz—comentó Javier cuya voz se confundía con las voces de las masas que le servían de fondo.

200

A Eugenia se le encendió el ánimo porque el comentario sonaba a primicia de cuento y sólo bastaba una pregunta inocente nacida de la nada, una inquisitiva que mostrara algún interés por lo dicho para que soltara el relato deseado. Como no se le ocurría una pregunta que a juicio de ella fuera capaz de aflojar el relato, optó por el debate positivo que de seguro daría parto al deseado cuento.

—No seas agua fiestas Javier. Mira que lindo se ve todo, ni que fueras pesimista. El pueblo está hecho un ensueño. ¿Cómo no podría ser la villa señorial del príncipe?

—Usted como que quiere cuento mija.

—Y usted mi querido amigo como que quiere contarlo.

—Que no se diga que me tuvieron que torcer el brazo. Se lo cuento para que sepan que las impresiones nunca son como aparentan ser. Es una vieja verdad, pero la humanidad no acaba de aprenderse la lección. Como que el narrar nos sirve para dicho fin, recordar lo que siempre olvidamos.

—Bueno el sermón vale, ¿y el cuento hombre?

—No se me apresure mija que mañana el mundo no para de girar. Vamos a acomodarnos en este banquito bajo la linda ceiba para que el fresco nos alivie los calores que el relato nos pueda acarrear. En este pueblo siempre hubo mucho fuego escondido, calores encendidos que ni la costa con sus tres mil palmas sembradas por los canarienses fueron capaces de aplacar. Hasta se dice que tantos robles en la plaza fueron sembrados para que la gente viniera a apaciguar el alma con sus sombras milenarias sembrados por los santitos. ¿No se han fijado ustedes en la cantidad de fuentes? Agua, mucha agua, demasiada agua, y no para calmar la sed sino para aliviar el espíritu encandecido que en hartas ocasiones se sentía como plomo de carga. En este pueblo la gente se quiere de una manera extraña y cada uno va tapando su insólito amor como mejor le conviene. Los compueblanos pretenden llevar una existencia normal para que el pastel de la vida con sus enredos no les dé en la cara, pero al final de cuentas no se puede con tanta mentira y todos quedan lastimados por no lidiar con las verdades permutables que les presenta la vida.

Olga María se sorprendió con la sentencia tajante que ofrecía Javier del paradero humano. Algo le indicaba que su vida se reflejaba en aquella sanción y la curiosidad pudo más que su cautela. Le disparó la interrogante para disipar la duda que germinaba dentro.

—Javier, ¿acaso siente que vive una mentira?

—Todos en alguna medida vivimos una mentira. Cuesta mucho trabajo ser valiente y nadie quiere escuchar verdades porque sienten que luego serán desenmascarados, en fin, que les tocara el turno. Para otros, que son como niños eternos, la verdad, el sentimiento puro de la transparencia, es más grande que ellos mismos y no pueden más que vivir en franca entereza con su ser. Creo que eso fue lo que pasó con Faustino. El pobre desde el momento en que le entró la pubertad, sintió una fascinación por las mujeres que no podía contener. Veía una en la calle y parecía que se iba a morir. Le entraban unos sudores y unos calores que ni las brisas frescas de la costa ni los robles de la plaza le apaciguaban el fuego. Se les iba detrás como aturdido diciendo un sinnúmero de sandeces para obtener la atención de la chica en cuestión. Y no importaba si era fea o bonita. El fin era halagarla, rendirla y llevársela a la cama que podría ser detrás del primer matorral que encontrara. Inmediatamente después de la entrega sentía una paz enorme entrarle por el cuerpo como si hubiese encontrado el paraíso en la tierra. La respiración le regresaba normal y se encontraba livianito como una nube. A las que lograba rendir no las miraba con menosprecio, por el contrario, veía en ellas como unos ángeles que lo salvaban del fuego que lo consumía en llamas vivas.

Warren escuchaba con grave atención el relato que lo intrigaba de sobremanera. Como hombre experimentaba una mezcla de admiración y envidia por el don Juan del pueblo que parecía salirse con las suyas por lo visto sin ninguna consecuencia seria. Aprovechándose de la pausa de Javier optó por inquirir en ese aspecto.

—¿Y el pueblo no temía por las muchachas decentes y bien criadas?

—Mi querido amigo, por el contrario. Existía una especie de admiración por el muchacho. En gran medida representaba la hombría del pueblo. Usted sabe, el macho del pueblo. Lo que el resto de los hombres pretendían pero no podían hacer: jactarse de sus conquistas. Pero el muchacho era muy decente en ese aspecto y se reservaba los nombres, los apellidos y los detalles. Algunas muchachas optaban por dejarse seducir a medias, las llamadas vírgenes negras que no perdían la virtud al no ser deshonradas por el supuesto acto natural de la entrega. En fin, que los hombres lo admiraban y las mujeres medio lo deseaban. Entre sus admiradores había dos hermanos, Luis Ángel y Pedro Alberto, que no le perdían ni pie ni pisada. Veían en Faustino una especie de semi dios con unos poderes eróticos impresionantes. Una potencia fuera de este mundo, que era digno de observar y ofrecida la debida ocasión hasta de imitar. Faustino era lo máximo para ellos. No obstante, los hermanos desconocían el hecho de que el portento sexual nacía de un estado natural donde su amigo no intentaba probar nada, simplemente se extasiaba en el acto como una comunión que surgía con un ser que le brindaba algo extraordinario, algo que ni él mismo era capaz de explicar. No había una ciencia, ni una seducción aprendida envuelta. Le nacía como el aire.

—Algo místico—interrumpió Eugenia como si hubiese acabado de descubrir una gran palabra para describir la psique del hombre.

—No sé si llegaría tan lejos, pero quién sabe. Pero la vida parece que siempre se nos quiere complicar y ocurrió lo que nadie esperaba. Lo insólito, o al menos acaeció lo inusitado para aquellos cuyas mentes limitadas no acceden apertura al proceso cambiante de la vida. Precisamente en esta plaza se facilitó el hermoso y tal vez el terrible encuentro. Por esos tiempos la plaza acababa de estrenar sus fuentes y los rosales estallaban con botones rojos, amarillos y rosados. El maestro Lizardi decidió llevar a sus estudiantes de pintura al parque central para que practicaran con sus lienzos en una luz natural, borrada de los artificios que las bombillas eléctricas pudieran causar. El ilustre profesor dictaminó que la claridad de las fuentes en combinación con la luz verdosa derramada sobre los rosales sería la perfecta práctica para sus estudiantes que investigaban el efecto de la luz sobre el objeto. Entre los más destacados se encontraba un chico tímido, de poco hablar pero con un talento extraordinario que causaba que se formaran círculos a su alrededor en apreciación de su obra singular. Manuel se llamaba el joven.

—¿Manuel Luis Saavedra, cómo el cuadro que tenemos en la biblioteca?—comentó un curioso que allí se detuvo para escuchar el resto de la historia.

—Efectivamente, el pintor naturalista Manuel Luis Saavedra. Ese día Faustino se encontraba en esta misma plaza entre las personas que admiraban la obra del pintor cuando de la nada se le ocurrió preguntarle si le vendería la obra. Manuel contestó con un gesto de desdeño que no sabría decirle. Que ni las rosas, ni las fuentes, ni la pintura le pertenecían a él, sino al pueblo. Faustino, ya fuera atraído por la obra, la respuesta del joven pintor o el entorno de plaza y arte, le dio con visitar la clase todos los días mientras se impartía el estudio de objeto, luz y lienzo en pleno aire libre. Poco a poco fue naciendo una amistad que le permitió a Faustino comprender mejor el misterio que encerraba la magnificencia de una obra de arte. No supo en que momento, ni tampoco le interesó tomar cuenta de ello, sintió que su amor por el arte ahora se depositaba sobre Manuel. El afecto se volvió mutuo y las conversaciones que ahora cubrían diferentes gamas del quehacer humano permitieron que la relación se volviera más íntima, más encerrada en ellos mismos. El resto del pueblo fue anulado de sus vidas. Lejos quedaban ahora los acechos de Faustino hacia las muchachas del pueblo, las corridas con sus amigos que lo admiraban por su gallardía de hombre bravo.

De la noche a la mañana Manuel y su arte se convirtieron en la vida total y central de Faustino. No comprendía por completo la emoción desgarradora que se le colaba por las venas. De la total confusión una luz clara resplandecía, y era que no podría concebir un solo día sin ver a Manuel, sin escuchar su silencio de brocha que pintaba el mundo interior en el que se iba descubriendo. Muy pronto nació en ellos una verdad evidente: aquel amor que no pasaba de lo platónico, no podría ser realizado en su totalidad en el pueblo que los vigilaba como espías sin treguas. Fue así como decidieron que habría que mudarse a la capital, alejarse del terruño que amaban, para fraguar su amor en la gran ciudad donde el anonimato del gentío los tragaría dejándolos por fin en paz. Esa misma noche a las cuatro de la madrugada Manuel lo esperaría en la plaza, donde partirían en el primer coche público de la mañana.

A la hora concertada, Manuel se sentó a esperar a Faustino con su bolsa repleta de brochas, pinturas, lápices y hojas sueltas donde había completado unos bocetos. Entre la parafernalia de pintor había apretujado ropas sueltas para ajustarse a los primeros días de la capital. Para acortar el tiempo de esperar que a estas alturas se le hacía interminable, el joven pintor extrajo de su envoltorio un cartapacio donde había experimentado unos esbozos de perfil que le había hecho a Faustino, una sorpresa que sería revelada cuando llegaran a la gran ciudad. Comenzó a rellenar lentamente las cejas abultadas de Faustino perdiéndose en la mirada que el rostro del papel le devolvía, cuando de repente sintió que su propia mirada se borraba, se enrojecía, se perdía en el hato de la nada. En ese momento de espera, Manuel recibía puñaladas por la espalda que rabiaban de palabras que al unísono le gritaban, "maricón de mierda aquí te va por querer voltear al macho del pueblo". Manuel apretó los lápices como queriéndose agarrar de la vida, pero uno a uno los fue soltando hasta que su mano quedó rendida y su cuerpo cayó como un bagazo sobre la tierra.

Faustino llegó cinco minutos antes de la hora acordada. Llevaba el semblante risueño y la disposición esperanzadora ya que imaginaba su amor por fin realizado lejos del infierno del pueblo que le había tocado vivir. El semblante se le borró cuando a lo lejos divisó un montón de hojas sueltas bañadas en un gran charco de sangre. Recogió cada una para examinarlas con cuidado y descubrió en ellas su rostro trazado en lápiz carbón. El líquido purpúreo chorreaba en los dibujos, cobrando éstos una dimensión fantasmagórica de unos rostros ensangrentados. Buscó por todas partes imaginándose lo inaudito, el asesinato de Manuel. Corrió hasta la esquina para tal vez hallar el cuerpo tirado en alguna cuneta, pero ningún indicio señalaba donde habrían podido abandonar lo que ahora se presentía como un bulto sin vida. De repente, sintió que una cascada de lluvias internas y pesadas se le subía por el pecho y le ahogaba la garganta. El rendimiento lo llevó al suelo donde por fin soltó un quejido que vino acompañado de un sollozo que no lograba parar. Las lágrimas mojaron los dibujos mezclando la sangre, el carbón y el agua con la inmensa rabia humana que ahora se manifestaba como monstruos esperpénticos sobre papel.

Faustino desapareció del pueblo. En contadas ocasiones se le vio deambular por los bares a altas horas de la noche. Su espera se tornó paciente sabiendo que en algún momento, en algún lugar, la torpeza de un pueblo pequeño soltaría el nombre o los nombres de los que cometieron el atropello contra su vida. Sabía de sobra que el cargo de conciencia no se lleva con liviandad y que un estúpido borracho soltaría la lengua aunque fuera para aliviarse de la carga que lo torturaba y lo comía por dentro. A los pocos días se coló como una sombra en el bar más soez del puerto. Esperó pacientemente cuando al rato vio a Pedro Alberto entrar dando tumbos, apenas sosteniéndose sobre sus pies. Pidió un trago de ron que quedó más esparcido por la cara que atragantado por la boca. La garganta recibía el alcohol con una ansiedad desesperante. El tema de conversación entre los bebedores no podía ser otro que la desaparición de Manuel, siendo éste el suceso más reciente del pueblo. Pedro Alberto prestó oído y en una bocanada enaltecida soltó aullando entre dientes, "señores, estimados señores concurrentes, esa carne de burro ya se la comieron los tiburones. Ya no hay por qué preocuparse. A ese maricón de mierda ni los huesos le encuentran en el fondo del mar. Eso va a cuenta de mi hermano y yo que le hicimos el favor al pueblo. Somos los héroes de nuestro digno y moral pueblo. Vivan los hombres del puerto del príncipe".

Para no levantar sospechas Faustino se mantuvo oculto en las sombras. Esperó a que el borracho soltara los detalles y los pormenores del crimen. Sintió una pena por el desgraciado, ya que a claras luces se notaba que con la confesión surgía un alivio liberador de asesino culpable. Era como si allí mismo ante los testigos se aliviara de la gran carga que su alma no podía sostener. Faustino se amparó en su sangre helada y aguardó a que el hombre se despidiera para seguirlo hasta su casa. Camuflado en la oscuridad de la noche Pedro Alberto no se percató que era asechado por Faustino. Tal vez la borrachera o la opacidad de la noche no le permitió que notara la presencia del que habría de ser su verdugo. A duras penas llegó hasta el cuartucho con techo de paja ubicado detrás de la casa donde el hermano lo recibió para meterlo en cama. Faustino se esperó unos minutos maquinando a cada segundo cuál sería su plan. Observó cuando por fin Luis Ángel apagó el quinqué. En aquel preciso momento supo que para ellos había llegado su fin. En el silencio de la penumbra halló una estaca que colocó a presión en la aldaba de la puerta. Se aseguró que de allí no se soltaría. Recogió unas ropas secas de los hermanos que habían sido tendidas en el cordel y junto con unos periódicos viejos que relataban los deportes de la temporada, esparció el combustible alrededor de la choza. Permaneció unos segundos alelado como saboreando el instante, encendió un cerillo para fumarse un cigarrillo y allí soltó la llama encendida junto a los papeles sueltos.

Vio cuando la choza cobró fuego en cuestión de segundos. El papel y las telas secas no se dieron a esperar y surgió la gran candelaria como un fuego artificial iluminado en la tierra viva. Las llamas del fuego crecieron con una altitud que asombraban de miedo. A los pocos minutos escuchó a los hermanos gritando sus mil auxilios. Pedro Alberto, el más débil de los dos, confesaba su crimen a pulmón abierto, aullando que por favor lo perdonara, que no quería morir como un demonio en los fuegos del infierno. Al rato cesaron los gritos y sólo se escuchaba la carne achicharrar con la madera vieja. Un tufo horrible infiltraba el aire como una peste que se adhiere a la piel. Los vecinos que para éstas se habían levantado, intentaron apagar el fuego, no tanto para la salvación de los hombres, como para rescatar sus propias casas. No deseaban ver su pueblo arder por el amor y el desamor de unos cuantos. De sobra se imaginaban quién había tomado la justicia en sus manos. Velado en la oscuridad, Faustino vio las últimas llamaradas caer sobre la tierra. Cuando el dorado del fuego cesó, tomó su bulto y desapareció en la tenebrosidad de la noche. Jamás se le volvió a ver por San Luis del Príncipe de la Rivera de Jumacao.

Al final del relato se podía percibir entre los presentes un silencio ensordecedor. Una especie de conciencia colectiva se formaba donde se intentaba comprender la semilla de un odio infundado. Los cuatro amigos sentían una necesidad de expresar una rabia que les comía los adentros, pero que se enmudecía por el horror, por el espanto de sentirse indefensos ante el atropello de la vida. No sabían que decir o que decirse. Eugenia optó por abrazar a su amigo. Sostuvo su rostro entre sus manos y le dio un cálido beso cerca de la media luna que acariciaba su mejilla. Javier comprendió que ésta era su manera de despedirse. Los otros siguieron con un igual abrazo y el espacio quedó vacío como si la purificación del relato se fuera con ellos. A lo lejos se volvieron a despedir con un gesto leve de mano. Olga María se detuvo en su andar porque en ese preciso instante sintió que sus ojos se humedecían. No sabía si lloraba por los jóvenes que nunca conoció o simplemente porque un sentimiento dentro de ella se quebrantaba.

Las mujeres completaron sus compras como autómatas sin comprender exactamente que habían adquirido en las tiendas a las que entraron abstraídas. Unos medicamentos para Ernesto, unos enseres para la casa, alguna que otra cosa que llevaban en su lista que en el momento de prepararla resultaban importantes. La noche se les venía encima y habría que regresarse a la casa para atender al marido que en esos instantes estaría sembrado en sus acostumbradas sospechas. Warren las esperaba en el coche para regresarlas a Río Blanco donde la rutina de los días sería devuelta como la normalidad no deseada. La costumbre estancada que te hunde en el abismo de la inepcia.

la hierbabuena de la vida

Llegaron rendidas después de un viaje de regreso que les pareció interminable. Eugenia a duras penas salió del coche con las compras que ahora llevaban el peso de un quintal. Tal vez el cansancio físico efectuó que las mismas ponderaran más de lo que realmente pesaban. Warren se ofreció a cargar los paquetes que en realidad no resultaban ser tantos, hacerlos llegar hasta la puerta de la casa para que Eugenia manejara con mayor destreza el uso de las llaves. Olga María precaviendo cualquier disgusto que esto podría acarrear en su padre, se adelantó para ayudar a su madre, aliviando la carga ligera de los brazos. Un minuto sordo se suspendió en el aire donde las mujeres intentaron buscar las palabras para agradecerle al joven la maravilla de aquel día. Eugenia susurró un "gracias" desposeído de energía que contrastó a la sonrisa que se le dibujaba en los labios. Olga María extendió su mano derecha para alcanzar la de Warren y en un espontáneo apretón le expresó su gratitud.

La noche se les había venido encima y apenas encontraba Eugenia el agujero para abrir la cerradura. Notó que la puerta se movió un poco y advirtió de que la misma estaba abierta. Optó por empujarla sin darle mayor importancia al asunto. El agotamiento no le hizo pensar en el detalle, su cuerpo sólo deseaba llegar hasta la cama para rendirse al sueño que la llevaba arrastrada. Adentro encontró la casa a oscuras, ni un rayo de luna se colaba por las rendijas de las tablas. Las ventanas habían sido cerradas y el paño de las cortinas intensificaba la oscuridad que rayaba en la total penumbra. Con dificultad pudo colocar las compras sobre la mesa central sin tropezar con uno que otro mueble. Temió en un segundo de escalofríos que si dormía Ernesto podría haberlo despertado. Decidió caminar a paso lento y silencioso hasta la recámara del enfermo para ver si seguía dormido o si acaso las esperaba para echar sus acostumbrados reproches que siempre rayaban en un hostil regaño.

Vio un bulto de hombre tendido sobre la cama que casi no se movía en su posición fetal. Verificó que dormía en un sueño profundo cuando lo escuchó roncar con unos silbidos suaves que recordaban a un niño vencido después de un día largo de juegos. Se sentó a su lado para estudiar el corpacho hombruno que poseía y hasta se dio por ensayar razones en ese lapso de silencio, comprender cómo se dejó poseer por el hombre que le había hecho daño y que a la vez parecía amarla con un amor extraño. Había escuchado de la tía Justina que muchas veces se odia lo que más se quiere. Que hasta inclusive se le hace daño por temor de perderle. Nunca comprendió por completo la contradicción expresada por la tía gallega. Eran muchas las cosas que no acababa de entender. En ocasiones el mundo se le iba torciendo tomando una forma rara donde no lograba acomodar las piezas del rompecabezas que resultaba ser la vida.

Hubiese querido colarse entre las sábanas y dejarse acurrucar por los brazos de su marido para encontrar un calor, una seguridad perdida. Hallar un nido que la llevara a otro estado donde las circunstancias eran distintas. Donde el desamor no existía y donde el vuelo de un ave descarrilada encontraba por fin donde anidar una esperanza que se alimentara de un porvenir común. En el silencio de su soliloquio se preguntó en qué momento se le torció el destino a este hombre. Qué acto, qué palabra se le dijo o no se le expresó para que naciera de él la criatura contrariada que todos temían. Acaso se propinó en él un quebranto irreparable, una torpeza de encuentros del que no supo recoger los pedazos dispersados por el tiempo. La respuesta sólo la llevaba él en su cofre de espinas defensivas donde rabiaba más el hombre brutal que a fuerza de humillación se sobreponía a sí mismo.

Eugenia acarició las sábanas blancas como esperando recibir un mensaje en el tacto y supo de inmediato que aquella no sería la ocasión para aventurarse en el azar. De puntillas se retiró a su cuarto donde la esperaba Olga María entregada al sueño. En la suave luz azulada de la noche observó a su hija que dormía en una serenidad que la bañaba de una paz sosegadora. Cúanto hubiese dado ella por eternizar ese instante. Ver a su hija vivir una vida entregada plenamente al descuido de saber que nadie le haría daño. Cómo protegerla de la acosadora maldad de los hombres. Cómo inmunizarla de su propia insipiencia. Tantas veces le instó a que se mantuviera aguzada, tantas fueron que hasta temía que perdiera el placer de sentirse inocente. No quería ni pretendía depositar el horror de su vida sobre Olga María, pero no obstante el temor siempre lo llevaba a flor de piel y sabía que su hija se percataba de ello.

El cavilar de un futuro incierto y la montaña de preocupaciones la fueron rindiendo hasta que su ánimo no pudo más con la sobrecarga de emociones encontradas. Sus ojos se fueron apagando con el éter del sueño que se apoderó por completo de ella. Quedó apelotonada entre los brazos de su hija como si fuera el ángel guardián de su inercia agazapada. Lentamente fue entrando al mundo de los sentidos suspendidos. Ya no podía distinguir si los colores aterciopelados de su vista eran reales o la pura fantasía de un prisma dislocado que le jugaba la partida de lo irreal. Las masas fueron apareciendo como a tumbos, en un vaivén de oleadas cuyos rostros se desbocaban como en un embate de permutabilidades. Aquellos cuerpos se hicieron sombras y de los costados nacían brazos que extendían sus extremidades hasta alcanzarle el cuello que se alargaba en la penumbra de la noche.

No quería rendirse ante lo que parecía ser una pesadilla de remolinos insondables que se la tragaba como una tumba aspirante hacia el centro mismo de la tierra. De los espectros fue surgiendo una figura distorsionada que se agigantaba en un tropel alocado. El ente avasallador se abría camino dando tumbos, sepultando todo lo que le interrumpía el paso. Lo que una vez fueron sombras de seres irreales, ahora eran allanados como pequeñas hormigas insignificantes. El rostro desfigurado del gigante luchaba por encontrarse a sí mismo. Los músculos, la piel, no hallaban manera de acomodarse para mostrar una faz coherente que le diera real vida a aquel ser. Eugenia no supo si era una pesadilla o el mundo de los vivos que se le venía encima como una lava quemante arrolladora. La monstruosidad estaría allí para acaparar el insignificante existir que le quedaba de vida.

Quiso abrir los ojos para despertar del sueño, pero los sentía sellados por una cinta de una goma espesa que se adhería a la orilla de sus orejas. Gritó para salir del horror, pero el eco resonó dentro del tímpano requebrando los huesillos auditivos. En el lapso de un segundo sintió cuando una sordera apabullante se apoderó de sus sentidos internos. Quedó muda ante su voz, ciega ante sus ojos, sorda al viento de la noche. Su cuerpo inmóvil comenzó una lucha íntima para salir del estado catatónico en que se hallaba. Batalló con todas sus fuerzas para no rendirse a la demencia de los sentidos porque sabía que eso sería la muerte totalizadora. De repente, en el medio del sopor encendido advirtió de una mano que le acarició la frente. Aquel gesto de cariño la hizo sentirse salvada del derrumbe que se la tragaba.

—No te preocupes, es sólo una fiebre con alucinaciones. Me voy a ver obligado a tener que mantenerte amarradita hasta que se te pase. Eso te pasa mija por andar con gringos y maricones. Uno se enferma de eso, sabes. El alma se enferma, sabes. La niña la tengo en el otro cuarto dándole su tratamiento para que también se vaya curando. El de ella es más suavecito, no quiero que se me vaya a empeorar por culpa tuya. Ahora me toca a mí cuidarlas.

El hombre salió del cuarto por unos minutos. A Eugenia le pareció una eternidad. Cuando regresó, traía una correa negra muy finita enrollada en la mano. El cinto tenía unos pequeños plomos incrustados en su borde que relucían como diamantes. Se sentó en un banco junto a la cama y comenzó a rascarse la cabeza como buscando las palabras apropiadas para explicar el acto que estaba a punto de cometer. Miró hacia el techo y luego las paredes con una mirada vacía. Por fin encontró los vocablos y sentenció su acercamiento.

—Esto me va a doler más que a ti, pero es por tu bien. Es para sacarte esos demonios que llevas adentro Enia. Eres mala y tengo que hacerte buena, como cuando en el río, ¿te acuerdas? Yo te quiero y tú lo sabes. Pero tengo que hacerte buena.

Eugenia comenzó a sollozar y el llanto se volvió grito interno. Le rogó, le imploró con sus ojos azorados, que por favor no cometiera el acto bestial que estaba a punto de iniciar. Le juró con gestos enmudecidos que jamás saldría de la casa, que allí se quedaría para siempre. Que la perdonara, que sería buena. Por un segundo sintió que lo había convencido cuando vio que los ojos se le humedecieron. Una pequeña lágrima cristalina le bajó por la mejilla izquierda. Cuando ésta llegó a la comisura de los labios comenzó a pegarle correazos a su mujer mientras le tapaba la boca. Un rostro de horror se dibujó en la faz de Eugenia. El monstruo que vio en sus sueños ahora desbordaba su rabia aleccionadora sobre ella. Sólo sintió el dolor del primer correazo. Todo lo demás quedó en blanco. Era como si su cuerpo, su mente se hubiese trasladado a otro sitio donde pudo desprenderse del sufrimiento. No estaba allí, esa no era ella. Desde aquella altura supo que la paliza no cesaba, que la bestia descargaba su rabia sobre la víctima que se mostró indefensa para que la tortura llegara a su fin. Ernesto gemía, lloraba en su castigo, como si él fuese el lastimado, el torturado que en forma de cruz recibía la rabia del mundo.

—Enia, Enia, esto es para que te cures, para que los demonios no te coman viva. Es que te quiero, te quiero sana y limpia, buena, santa y limpia.

Rendido de flagelar la piel desgarrada de su víctima, soltó la correa y salió apresurado del cuarto. A los pocos minutos regresó con diez velas blancas que colocó alrededor de la cama. Una a una las fue encendiendo mientras decía unas oraciones para sus adentros que invocaban un auxilio celestial. El rostro horrorizado de Eugenia no acababa de comprender el rito extraño que el hombre como sacerdote transfigurado oficiaba en la penumbra de la noche. Por fin, después de grandes intentos, distinguió un tartamudeo, un nerviosismo al hablar que soltaba sílabas disonantes. Gradualmente la voz le fue subiendo como en acto ceremonioso y de forma clara pudo escuchar una lengua gutural que jamás había oído en su vida. El hombre quería escupir sus entrañas y aquella voz carrasposa le nacía en el fondo del estómago. Un alivio temporero se le formaba en el rostro tenso cada vez que soltaba el aullido de la garganta.

Ernesto en su demencia había fabricado un estado absoluto del orden de los actos. Volvió a desaparecer y al regresar portaba en sus manos una vasija de agua que hervía con una espuma azulada. Mojó un trapo con el líquido hirviente y de inmediato santiguó el cuerpo azotado de Eugenia. Los chorros de agua salada y escaldada comenzaron a perforar las heridas abiertas de la mujer que yacía amarrada con los brazos y las piernas esparcidas. El dolor no existía, sólo la humillación. El marido buscando la voz más paternal, le susurró al oído que la purificación ya no le dolería, que la sal era el recuerdo más puro de la tierra.

—Enia esto es para que el espíritu benefactor te entre al cuerpo. Para que quedes limpia y pura como antes. Volverás a ser la misma, ya verás.

Eugenia vio cuando el techo se abrió como una ventana enorme anunciando un cielo gris con pequeños destellos de luz. Todo quedó borroso y sólo recordó cuando su memoria se perdió en la nada de las tinieblas. El firmamento la recibía por fin para sacarla de la miseria en que se hallaba. Permaneció suspendida en el aire y su cuerpo no sufría el dolor carnal. Un rendimiento la transportaba a una dimensión donde ella ya no era ella. Sólo restaba un vago recuerdo de una pesadilla que se había bifurcado en congojas de pasión y muerte.

Al día siguiente se despertó para descubrir que las ventanas habían sido selladas con clavos enormes. Observó cautelosamente a su alrededor para ver si algo más habría cambiado en su entorno. Una pequeña alegría le invadió el cuerpo cuando sintió que ya no estaba atada a la cama. Sus manos, sus pies, ahora estaban libres de las ataduras que le habían cortado la circulación de la sangre. La insignificante liberación representaba una apertura a la vida, a la esperanza. Su mirada fue examinando con meticulosa lentitud cada esquina, cada recoveco de la recámara. Junto a la puerta pudo distinguir una bacinilla que había utilizado durante el reposo de Ernesto. Al otro lado de la entrada, sobre un plato metálico se hallaba un pedazo de pan con un vaso de agua. En el centro inferior de la puerta se había perforado un hueco que se imaginaba sería su contacto con el hombre. Desde allí vería su mano retirar la jofaina con excrementos o depositar el acostumbrado pan con agua azucarada. Supo de inmediato que se encontraba en cautiverio.

Los días comenzaron a transcurrir sin cambios drásticos. Todas las mañanas, sin faltar, encontraba el trozo de pan con su agua y una escupidera limpia lista para el uso diario. Un intento obvio de normalidad se le había impuesto para que no perdiera por completo la cordura. El mundo se le llenó de un silencio donde no se escuchaba la voz humana. Hizo grandes esfuerzos auditivos para ver si por accidente discernía algún sonido de la hija o el carcelario. Pero nada. Sólo su propia voz que se repetía en la mente era la única señal de vida. Le quedó el consuelo de que los pájaros anunciaban su llegada cada amanecer con diferentes cantos de los cuales se imaginaba su tamaño o especie. Los más ruidosos llegaban primero creando grandes estruendos. Luego eran seguidos por los más líricos que a manera de competencia no cesaban de cantar. Una pequeña tristeza se le incrustaba en el corazón si por tardanza no llegaban los cantos de los amigos. Llegó inclusive a pensar que la cordura se la debía a ellos, los compañeros de su encerramiento.

Se aprendió de memoria todas las grietas de las paredes. Cada formación le recordaba a un mapa de algún país lejano de esos que vio en los libros de la tía Justina. Aquellos libros enormes repletos de dibujos con lindos colores que delineaban perfectamente el comienzo de un territorio y el final de otro. La anciana gustaba de pronunciar los nombres en voz alta como si emprendiera un viaje distante con la sobrina. Se recordó de uno en particular que la tía repetía sin cesar. Marruecos. Marruecos. Marruecos. Lo pronunciaba con tal lentitud y pena que parecía depositar en el nombre una especie de recuerdo. En una ocasión notó cuando los ojos se le humedecieron. Para sorpresa de la niña, cerró el libro abruptamente y sólo recordó cuando dijo en un suspiro que los hombres eran sordos a sus propios sentimientos, unos estúpidos que no comprendían las sutilezas de la vida. Por mucho tiempo no se volvió a mencionar el país de Marruecos en la casa. El país desapareció del mapa, pero siempre se incrustó en la memoria de las mujeres.

Eugenia también gustaba de los mapas. A diferencia de su tía, su dedo índice recorría la línea de los mares y los océanos. Usando el pulgar como nave, se armaba de capitana mayor para cruzar de un continente a otro. Recordó que su padre era hombre de mar y que sólo el amor lo pudo atar a la tierra. Acaso llevaba en su sangre la sal marina de las tempestades y el deseo de transportarse a mundos desconocidos y temibles a la vista. Teniendo aquella memoria viva en el recuerdo, hubiese querido conocer al hombre que le dio un pedazo de su vida, el hombre que su madre amó con la locura desenfrenada que trae el verdadero amor.

Con la vista perdida, comenzó a recorrer las resquebraduras marcadas en la pared. En ellas vio territorios remotos y olvidados por el hombre. Países que ya ni se nombraban a causa de la desmemoria y la distancia. Supo entonces que ella no era la única en aquella prisión. Que en ese preciso momento habría miles, millones de mujeres prisioneras en el mundo. Mujeres torturadas en las cárceles, violadas en las selvas, pisoteadas en las ciudades. Mujeres que estarían viviendo la más inhumana ignominia cometida por el hombre. En aquellos mapas dibujados en las paredes cuarteadas de su cuarto se le reveló una sencilla y trágica verdad, que la infamia no era exclusive a su pequeña isla.

La tía Justina en la inmensidad de su sabiduría, una vez le había explicado que las mujeres que no nacían con una cucharita de plata en la boca nacían ya con las esposas puestas en las manos. Las últimas, desgraciadamente resultaban ser la mayoría en el mundo. Eugenia de repente sintió una hermandad que traspasaba las paredes que la aprisionaban. Comprendió que la cárcel era mucho más ancha que el cuartucho que una vez fue su alcoba de casada. Las celdas estaban repartidas por todas partes, por todas las esquinas del orbe. Sólo tenía que atravesar las paredes, los campos, los valles y los mares con una mirada que nacía del sentimiento del alma para ver las otras caras. Allí vería los rostros negros, los ojos oblicuos, las trenzas largas de sus hermanas. La multiplicidad de piernas ensangrentadas serían como miles de columnas que las uniría para revelar ante el mundo lo que había sido la gran afrenta de la vida. La tía Justina, a pesar de su supuesta vida privilegiada, supo a temprana edad que el nacer mujer implicaba tener que abrirse camino con rabia y coraje en lo que sería el más denso y odioso de los bosques, el paraíso desencantado de los hombres.

Los días pasaron sin grandes incidentes. Las tardes se volvieron largas y las noches se habitaron de fantasmas. Cuando las lluvias llegaban en precipitadas tormentas, los pájaros desaparecían y el silencio se volvía enloquecedor. Eugenia escuchaba como las aguas fuertes sonaban contra el techo, deseando que esas mismas aguas pudieran bañarla y limpiar la mugre que se le había acumulado en el cuerpo. Ella que siempre tuvo manías por la excesiva higiene, ahora lamentaba no poder sentirse aseada, despejada de la pestilencia que la ahogaba. El mar, el río, las cascadas, las lluvias, el preciado líquido cristalino era resumido en el vaso de agua que quedaba depositado en la esquina del cuarto cada mañana. Lo observaba con una inquietud meticulosa como queriendo resolver un enigma que no se cristalizaba en la transparencia del líquido. El pan, el agua, todo descansaba estático como si el mundo hubiese parado de girar.

Después de muchos días y muchas noches, ocurrió lo inesperado. Una mañana al levantarse notó que la puerta estaba abierta. Estudió la entrada y vio que la misma extendía su abertura a más de un cuarto de espacio. Los alimentos y la bacineta habían sido colocados como siempre en la esquina acostumbrada dentro de las sombras de su cuarto. Pensó que sería una trampa y que ella no se dejaría llevar al engaño fácilmente. En todo caso, celebró el incidente ya que ahora se colaba un rayo de luz por la recámara. También le permitió extender su vista que iba sufriendo de una miopía causada por el encierro de las cuatro paredes. Ahora tendría la oportunidad de mostrar su obediencia al no exponer un intento de escape ante el encierro. Sólo deseó con fuerzas esperanzadoras que la pequeña extensión no había sido un mero accidente y que al siguiente día vería la puerta otra vez abierta.

Esa noche apenas pudo reconciliarse con el sueño. Su pensamiento se dirigía a como amanecería aquella puerta. Por fin el sueño la rindió y no fue hasta la siguiente mañana cuando un guaraguao ronco la despertó con sus quejidos de pájaro alocado. Eugenia abrió los ojos esperando y casi deseando ver la puerta cerrada. Al ver la luz explayada no podía creer lo que sus ojos le revelaban. Se limpió las legañas para aclarar la vista y corrió hasta el vaso de agua para refrescarse la mirada. El humor viscoso desapareció por completo de sus ojos y ante ella se anunció lo inusitado. La puerta estaba abierta de par en par. De la manera más inesperada, Eugenia sintió cuando un escalofrío le recorrió el cuerpo. Un terrible pavor se apoderó de ella no sabiendo que hacer con aquella luz, con aquel espacio abierto. Ahora no dudaba que la libertad a medias era un ardid puesto por él para ver si se rendía ante la tentación de escape. Pero ella no saldría, se quedaría allí sentada con las piernas entrecruzadas disfrutando de la nueva libertad que ahora poseía.

La mañana se deslizó con una rapidez asombrosa. La luz del sol que ahora inundaba el cuarto le dio ánimo de limpiar y ordenar el aposento. Sintió un calor agradable que penetraba su cuerpo ofreciéndole una energía electrizante que deseaba desembocar en el aseo de su cuarto. Procuró que las sábanas estuviesen alineadas y que los pequeños muebles quedaran desprovistos de la fina capa de polvo. Se mantuvo ocupada durante el término de la mañana hasta que escuchó la primera tronada. El estruendo comenzó al mediodía. Al principio pensó que el alboroto provenía de una nube gris pasajera que pasaba en aquel instante. Luego se percató que el ruido venía de muy cerca, casi a las afueras del patio. El estrépito se intensificó y reparó que era un martillo desenclavando las ventanas que la mantenían prisionera. De un tirón vio cuando las puntas de los clavos desaparecieron y en cuestión de minutos el cuarto quedó inundado de una luz que la cegó.

El instinto la llevó a socorrerse a una de las esquinas para escaparse de la brillantez inesperada. El fuego dorado se apoderó del cuarto con un resplandor que anunciaba la ausencia de sombras. El cuarto era ella y la luz. Gradualmente sus ojos se fueron ajustando al esplendor del día, y la vista por fin se le apaciguó logrando ver con claridad más allá de las ventanas. Ajustó la mirada y comenzó a distinguir unos colores olvidados. El verde de las hojas le pareció extraño, mucho más intenso de lo que recordaba. El color se le fue transformando y descubrió que no era sólo uno, sino centenares de verdes que en un concierto de armonías se disfrazaban a primera vista como totalidad de un prisma. Creyó que alucinaba. Las impresiones de luz comenzaron a girarle en la cabeza y los estallidos surgieron como petardos. Allí el rosado de la flor que colgaba de una enredadera, más allá el rojo fallido de una amapola que se desvanecía. El cielo al principio le pareció un gran telón de profundidades interminables. Un azul que conspiraba en tragarse a sí mismo. La maravilla de la vida se le reveló en unos minutos en una paleta de colores que era la esencia misma de un milagro. Concluyó que la vida era eso, la presencia del color.

Una ansiedad repentina se apoderó de su cuerpo al pensar que el acto de la supuesta liberación sería otra trampa más, una tentación a la que ella habría de sucumbir. Eugenia rápidamente se acomodó en el centro de la cama para que él la pudiese ver desde cualquier ángulo. De allí no se movería. Si la apertura de las ventanas representaba la prueba mayor, ella saldría victoriosa al quedar inmóvil ante el vencimiento de sus propios deseos de salir corriendo por la puerta. No dudaba que era observada con un detenimiento amenazador. Intuyó que unos ojos la examinaban, la estudiaban para ver cual habría de ser su próximo movimiento. Un asedio de sombras se perfilaba en su mente y el presentimiento le dictaba que permaneciera quieta, que la menor indiscreción podría costarle la vida. Por un breve instante llegó hasta pensar que había perdido la cabeza y que todo había sido un invento de sus propios temores. Pero no, el palpitar de la sombra era evidente detrás de las paredes. El centro de su cama sería el refugio de una esperanza.

La tarde se fue muriendo y la noche se coló por las ramas del árbol maga. Una oscuridad azulada se depositó en el cuarto que lentamente se tornaba gris a causa de unas nubes negras que presagiaban algunas aguas. Los primeros relámpagos aparecieron enmudecidos en un espectáculo de rayos plateados que se esparcían a través del cielo lapislázuli. Eugenia pudo distinguir unas estrellas diminutas que se apagaban con la proximidad de la tormenta. El aire se comenzó a helar y lo que había sido una brisa ligera ahora se trocaba en un viento cortante que mecía las extremidades de los árboles con ahínco. A lo lejos vio cuando las hojas comenzaron a arremolinarse en un torbellino que recogía en su embudo el follaje seco. El viento de repente se volvió impetuoso anunciando de manera ominosa que a la corta distancia se acercaba una borrasca de aguas fuertes.

El primer trueno sonó como un cañonazo disparado desde los cielos. Eugenia se cubrió los oídos para amortiguar lo que posiblemente serían otros estruendos causado por el vendaval. En cuestión de segundos el firmamento se tornó en una gran bóveda negra que escupía rayos encendidos seguidos por flechazos de agua que herían la tierra. Las hojas rosadas de las ventanas comenzaron a sonar contra la pared. El viento las mecía como leves papeles que parecían a punto de dislocarse de sus bisagras. Las celosías batían en un temblor constante poniendo toda su fuerza sobre el montante central de la ventana. Eugenia no habría de cerrarlas porque allí estaba su prueba. El pestillo tintineaba como una campanilla de misa pero ella no lo tocaría. El viento por fin se internó en el centro del cuarto. Allí batió con furia todo lo que podía moverse. Eugenia optó por cubrirse la cabeza mientras los objetos volaban a su alrededor como dardos lanzados por una mano enemiga. La recámara se volvió un espacio danzante que recibía el viento y el agua como parte de la tormenta. Eugenia parecía inmune al temporal que le sacudía la casa como una resaca de rabia encendida.

El cierzo huracanado llevó el agua helada hasta el centro del cuarto. La cama de Eugenia se volvió una poza enorme que recibía las lluvias con ráfagas atornilladas. El peso fiero de las cataratas comenzó a descender sobre ella. Miles de balas acuáticas ahora perforaban su cráneo en señal de que se arrastraba a la muerte. En un último intento de vida miró al cielo y vio como un hermoso velo de novia se depositaba sobre su rostro. Un lienzo cristalino le cubrió los ojos y al instante se transportó al bosque fluvial de su infancia. Su cuerpo ligero de peso, yacía extendido sobre la pequeña ribera que recibía las nuevas aguas serenas del río. Lentamente fue incorporándose al entorno hasta que logró ponerse de pie. Caminó hacia un peñón que bordeaba con lo más profundo del río. Allí vio reflejado los bambúes y vivió el anhelo de siempre. Se detuvo ante las ondas que apenas acariciaban sus pies y se lanzó de inmediato al agua. Por un instante quedó suspendida sobre la gasa líquida que la protegía del mundo. Acarició el líquido con las puntas de los dedos y flotando se vio alejada de la totalidad del universo. El agua poco a poco se le fue endureciendo hasta que comprendió que en realidad estaba tendida sobre las sábanas de su lecho. De súbito abrió los ojos para nuevamente verse rendida sobre la cama empapada de su recámara. La tormenta había pasado.

El temporal había dejado el aire limpio. Una nitidez vivificante bañaba el ámbito del cuarto. Eugenia se asomó a la ventana para descubrir un cielo despejado cubierto de estrellas fulminantes. Distinguió a lo lejos el sauce llorón de su predilección. Había sobrevivido la tormenta y ahora sus ramas semi deshojadas reposaban tranquilamente sobre el suelo. El frescor de la noche purificaba el aire dejándolo con un extraño perfume de limpieza. Se percató que la mugre del cuerpo había desaparecido y que su piel relucía en un rosado salubre. Un estado de gracia le inundaba los adentros como si una segunda vida le retornara al alma. El cuerpo lo llevaba rendido pero ligero. Los ojos le pedían descanso, un sueño profundo para restaurar las fuerzas. Se allegó hasta el colchón y de un tirón lo volteó para exponer la parte más seca. Lentamente se fue quitando la ropa mojada hasta que quedó desnuda, libre de los harapos que la habían constreñido. Allí en el centro de la cama se amontonó como un feto encerrándose en sí misma. Sólo quedaba expuesta la cabellera pelirroja y una espalda pulida mostrando cada vértebra de la columna que la arropaba.

Eugenia se entregó al sueño. Una serenidad se apoderó de su existencia y se dejó deslizar por las nieblas que ahora le cubrían los ojos. Apenas cerró los párpados cuando escuchó una leve conmoción que al juzgar por el volumen podría haber nacido en la parte posterior del patio. Pudo adivinar que el sacudimiento intentaba ser apagado y que grandes esfuerzos se hacían para acallar el ruido de un estremecimiento de cuerpos en lucha. Escuchó claramente cuando un golpe seco y atroz dio sobre el suelo como un gran tumbo silente. Todo el estruendo apagado se efectuó en cuestión de segundos. Lo último que apenas pudo percibir fue lo que parecía un saco arrastrado, una extirpación que a duras penas se dejaba arrancar. Se preguntó si aquel combate aplacado sería la prueba crucial de lo que había sido su larga noche. Decidió quedarse quieta, inmóvil. Hasta ahora la pasividad la había salvado. Enroscó su cuerpo y con los oídos tapados, forzó su osamenta y su alma entera a un sueño que desesperadamente ansiaba. Así se rindió hasta que el nuevo día la recibió arropada en sábanas cálidas que fueron colocadas por alguna mano amiga.

La primera caricia que percibió en la mañana vino con una fragancia conocida. No quiso despertar porque la sutileza de la mano le ofrecía una seguridad que deseaba. La mano volvió a pasar los dedos finos por su frente esparciéndole delicadamente el cabello hacia la nuca. El frescor del perfume la fue envolviendo en un manto de dulzura. Reconoció el aroma de las rosas y supo de inmediato que le humedecían las sienes con agua destilada de pétalos nuevos. Al abrir los ojos vio una brillantez cegadora que parecía una estrella cristalizada de mil colores. Intentó discernir la fulminación pero la bruma temprana de la mañana depositada sobre sus ojos no le permitía calar con acierto el objeto. Después de fijar bien la vista pudo por fin distinguir aquella luz. Era el solitario de la tía Justina. La mujer le pellizcó el mentón y depositando un beso sobre su mejilla le recriminó su somnolencia.

—Niña es hora de que te levantes. Tienes visita y tu madre y yo andamos como locas con el aseo de la casa. Aquí hay que hacer morada nueva y no es para que te espantes. Anda dormilona, haz algo con tu vida que no vas a dormir para siempre.

Eugenia jamás pensó que una amonestación le sonara tan dulce al oído. De inmediato llegó la madre con un té fragante a hierbabuena. Se acomodó al lado de su hija para sostenerle la espalda mientras hacía el esfuerzo para levantarla. Con toda la prontitud sin perder ocasión alguna, María Cristina se le acercó al oído y le susurró algo muy quedo que nacía de una fingida tristeza.

—¿Cómo?

—Así como lo escuchas. Lo vieron cuando volaba por el aire.

La tía Justina captó el asombro de la sobrina y no pudo más que abrazarla en un gesto falseado de pesadumbre. Le dio dos palmaditas sobre la espalda como queriendo mostrar un quebranto pero que a todas luces resultaba un simulacro de sentimiento. En menos de tres segundos recobró su compostura y surgió nuevamente la tía pragmática con sus aires siempre vaticinadores.

—Usted desentiéndase mi niña. Que el pobre está debajo del *Velo de la novia* bullendo y purificándose con los santitos del río. Aquí el agua siempre manda. Aquí el agua es siempre suprema.

Eugenia quedó atónita ante el desenfado con que se expresó la tía. Vio cuando la madre se encogió de hombros como indicando una aprobación de así es la vida. Supo que las dos mujeres de estirpe gallega llevaban un temple severo, pero no se imaginaba que tuvieran la capacidad de tornar sus corazones a un estado pétreo, casi helados de todo sentimiento de empatía. Pero quién era ella para juzgar. Algo muy soterrado llevarían las mujeres para actuar con aquel desdén. La indiferencia no nacería del mero capricho y sus razones tendrían. Ella por su parte, con la noticia continuó sumida entre el asombro, la tristeza y un alivio que no se pudo explicar. Sentía que una carga muy pesada se desprendía para siempre de su espalda. Un bálsamo indescifrable se apoderaba por completo de su corazón. La revelación de aquella muerte la soliviantaba, pero no acababa de entender hacia donde se dirigían sus emociones. La batalla de los sentimientos encontrados no la podía comprender. Era como si algo tierno y feroz se hubiera muerto dentro de ella. En aquel preciso momento de reflexión vislumbró una verdad sencilla, discernió que no podría entender la totalidad de los altibajos de la vida. Que muchas verdades se quedarían en el mundo del misterio. Respiró hondo porque sabía que había llegado a su estado más íntimo de liberación. Permaneció quieta, muy quieta por unos minutos, para darse la dicha de sentir el trance profundo de la redención. Se sintió liberada, más que liberada, porque nunca sucumbió por completo a la locura de la pesadilla que fue su vida.

La tía Justina atenta a la introspección que arrastraba a Eugenia, se puso en alerta para que la sobrina regresara al mundo de los vivos. Suspicaz de que tanto análisis le revolcara la cabeza, se dispuso a ordenar los pensamientos de la joven. Con el solitario comenzó a dar pequeños golpes sobre la mesa hasta que logró captar la atención de la sobrina que parecía ida. En su dicción más clara le recordó su deber con los otros, con los vivos que esperaban con ansias el regreso de la que había sido tragada por un sueño, por una pesadilla que parecía no ver un retorno.

—Allá afuera la espera su hija que anda media estropeada con todo este tira y jala y esos amigos suyos que después de todo sirvieron de algo en todo este revolcón. Y no se le ocurra preguntar tonterías que aquí no hay respuestas para lo que nunca pasó. Allí los tiene para su apoyo. Vaya y no sea mala. Atiéndalos.

Eugenia dirigió sus primeros pasos hacia la sala. Un aire fresco se respiraba en el recinto que una vez se bañaba en oscuridad. La fragancia de un perfume suave invadía el ambiente como si un rosal estuviese sembrado en el mismo centro de la pieza. Una luz pura y suave se colaba por las ventanas reflejando unos rayos destilados sobre las paredes blancas. Lentamente se fue acercando a la puerta principal que se abría al balcón. Se asomó a la entrada tanteando las paredes que parecían haberse vuelto de goma. La luz se intensificaba a medida que se acercaba a la puerta. Ya en el medio del umbral experimentó un deslumbramiento súbito. Era el sol que con sus fuerzas avasalladoras le abofeteaba la cara. Por un segundo sintió que un desmayo se apoderaba de su cuerpo. Pero se quedó estática, firme ante la nueva invasión. Permitió que el calor de los rayos le calentara el rostro y que la nueva energía se apoderara de su cuerpo. Se sostuvo de las jambas con firmeza y abrió los ojos para recibir el nuevo día.

Allí sentados en línea recta, vio a los tres jóvenes acomodados en los primeros escalones que le daban entrada a la casa. Sus espaldas iban erguidas mientras descansaban los codos sobre las rodillas. Llevaban un pensamiento lejano que los perdía en el límite del cielo y la tierra. Una mirada profunda y alentadora se dirigía hacia las montañas que se elevaban en una majestuosidad de verdes encendidos. Percibió una fuerza, una entereza en el atisbo colectivo que buscaba descifrar un misterio en el delineamiento perdido. Se acercó a ellos para hacerse participe del nuevo encuentro. Ellos la recibieron en un silencio absoluto. Extendieron sus manos para acomodarla, para recibirla en el seno de su luminiscencia. Adentro de la casa ya se iba escuchando una algarabía, un retozo de voces que animaban el aire del albergue. Atrás quedaban las mujeres, alborozando lo que sería la morada de los nuevos sueños.

BENITO PASTORIZA IYODO

Benito Pastoriza Iyodo nació en Puerto Rico. Ha sido ganador de varios premios en los géneros de poesía y cuento. El Ateneo Puertorriqueño premió su poemario *Gotas verdes para la ciudad* y su cuento *El indiscreto encanto*. Recibió el premio del Chicano Latino Literary Prize por su libro *Lo coloro de lo incoloro*, publicado por la Universidad de California. Su obra también ha sido premiada en concursos literarios en Australia, Puerto Rico y México. Su poemario *Cartas a la sombra de tu piel* obtuvo el premio Voces Selectas. Pastoriza Iyodo ha sido cofundador de revistas especializadas en la difusión de la nueva literatura escrita por latinos en los Estados Unidos. La primera edición de su libro de cuentos, *Cuestión de hombres*, fue publicada por el Latino Press de CUNY y la segunda edición por Xlibris. Su segundo libro de relatos, *Nena, nena de mi corazón*, fue publicado por Xlibis en diciembre del 2006. Sus poemarios *Cartas a la sombra de tu piel* y *Elegías de septiembre* fueron publicados por Tierra Firme en México, D.F. En la actualidad colabora para revistas académicas y literarias en los Estados Unidos donde publican sus entrevistas de poetas destacados, ensayos y reseñas. Ha publicado en las revistas **Cupey, En Rojo, Taller Literario, Tinta, Luz en Arte y Literatura, Línea Plural, Los Perdedores, Mystralight, Vagamundos, Carpeta de Poesía Luz, Hofstra Hispanic Review, Arlington Literary Journal, Literal** y **Visible**. Su poesía aparece en la antología *Poetic voices without borders* y en Terra Austral de Australia. Su obra ha sido publicada en Australia, México, Chile, España, Puerto Rico y Estados Unidos.